流年漫过长安城

孙见喜

孙博文◎著

陕西新华出版
太白文艺出版社·西安

图书在版编目（CIP）数据

流年漫过长安城 / 孙博文著. -- 西安：太白文艺出版社，2022.10（2023.6 重印）
　　ISBN 978-7-5513-2250-8

Ⅰ．①流… Ⅱ．①孙… Ⅲ．①散文集－中国－当代 Ⅳ．① I267

中国版本图书馆 CIP 数据核字（2022）第 184917 号

流年漫过长安城
LIUNIAN MANGUO CHANG'ANCHENG

作　　者	孙博文
责任编辑	谢　天　张馨月
版式设计	肖静娟
内页插画	高雪莲
装帧设计	施岳林
出版发行	太白文艺出版社
经　　销	新华书店
印　　刷	三河市同力彩印有限公司
开　　本	880mm×1230mm　1/32
字　　数	160 千
印　　张	9.25
版　　次	2022 年 10 月第 1 版
印　　次	2023 年 6 月第 2 次印刷
书　　号	ISBN 978-7-5513-2250-8
定　　价	48.00 元

版权所有 翻印必究
如有印装质量问题，可寄出版社印制部调换
联系电话：029-81206800
出版社地址：西安市曲江新区登高路 1388 号（邮编：710061）
营销中心电话：029-87277748　029-87217872

中文之美

巴陇锋

写作的人，大都是读书多、有想法、勤于思考、乐于书面表达者，这部《流年漫过长安城》即是作者的明证。

作者孙博文在陇东出生、长大、求学，学成不久，就远赴位于河南焦作的中铁十五局二公司子弟学校教书，在那里工作生活十多年，后于2010年正式安家古城西安。其间，家境的困顿，求学的艰难，生活的波折和辗转，工作的辛劳和繁忙，相夫教子的庸常、琐碎，都没有打败她对文字的热爱。相反地，几十年来，她生命中走过的老家庆阳、豫西山阳城、古城西安，及其足迹所至的名山大川，更加激发和磨砺了她观察、读写、思考的兴趣和能力，这种对生活的热爱、对造化的眷恋，发而为文，便成此书。

《流年漫过长安城》是一部具有浓郁西北色彩的散文集。全书连后记凡59篇，分四部分："长安陌上"19篇，写西安故事、三秦风光及作者的洞见;"翻阅流年"26篇,记录成长往事,追忆似水年华;"一路听风"8篇,叙述旅途见闻,描摹绮丽风光,定格欣悦人生;"年的絮语"5篇,为过年随想、冬日之诗。翻阅全书,你会发现整书呈现着晓畅、质朴、温暖的调子。作者用涓涓文字、拳拳之心书写生活中的点滴见闻,其间有温情与感动,有怜爱与希冀,有风景与收获,也有辛酸和凄凉……篇篇镌刻着黄土地的变迁、外乡人寄身西安的喜怒哀乐,承载着普通人对命运的思考、对社会的观感,辐辏成一代人的心路历程。书中文章似旅游略记,如炉边细语,很耐读,可为喧嚣时代的清醒之语,完美体现了中文在文字风格、形式结构、表情达意上的无尽魅力。

　　语言是思想的直接显现。首先,作者的文字感觉是灵敏的,语言成熟、流畅、优美,一定程度上形成了风格化倾向,体现了中文之美。

　　《一座来了就不想走的城市》将昆明写得灵动天成、令人神往,充分体现了作者独到的神来之笔。《美丽的九寨沟》用细腻温情的笔触,将夏日的九寨沟写得传神而逼真,令人印象深刻。《最遥远的旅途》中,写"与爱人游鼓浪屿"的那段文字情景交融,将彼时彼地特有的感触准确捕捉:"鼓浪屿不大,四面环海,随处走走都可以到达海滨,而每一处海滨的广阔都与岛上街道与红房子的狭促形成鲜明对比,这里将窄小与广袤有机结合起来，没有机动车的噪声和速度……"《云水谣　茶乡的歌谣》里，描写榕树的第一段，比喻恰切，融情于景，文字上佳。《青海湖掠影》写道："沿着山脚下的公路蜿蜒前行，看到的都是草坡，没有'风吹草低见牛羊'的丰茂，但也是绿茵茵的，那是一种立体的绿，平缓的草坡，延伸到离天很近的地方。蓝天仿佛离地很近，好像站在高处，伸手便可扯下一团飘动的白云。成群的牛羊点缀其间，在蓝天白云下，成了独有的风景。用同行者的话说，这里的风景用手机随便一拍都足以做电脑的屏保。确实如此，这是一种很养眼的绿、很辽远的蓝，是让你的心儿随之驰骋的白。"瞧瞧，文字足可醉人！

再比如，《冬天的诗》开头："如果说春天是一首悦耳的歌，那冬天一定是一首别有韵味的诗。冬天的诗一定离不开雪，一定特别温暖和快乐。"整篇用三首唐诗串联，凸显了冬日的温暖、温情、快乐、浪漫和韵味。《端午时节话端午》："城市的街道再热闹繁华，也没有一张熟悉的面孔；老家的小路再寂静，见到的都是熟人……"富于哲理和深意。类似的珠玑文字，书里很多。

尤为值得一提的是，作者的炼字炼句功底也不浅。《端午时节话端午》里说"小孩子、大孩子旋在周围"，一个"旋"字将画面写活；《人生百年　恍如一梦》里"终于有了扑沓扑沓的脚步声",象声词"扑沓扑沓"形象、准确。这些,都是地道的陇东方言,但何尝不是中国语言的精华?

作者既读书多,又善学习和练笔,借鉴名家便不可避免。某些时候,特别是"的"字的运用,有"鲁迅风",如《年年雪里常看雪》的起首:"我是喜欢雪的,但也是怕雪的。"

其次,书中文章无论结构布局,还是写作手法,都有章法,是成熟写作者的风范。

孙博文的散文情景结合、叙议相生,尤其善讲故事,善用意象,即便是写景美文也如此。《风景这边独好》通过讲生活在不同地方的人们的不同故事,引出不同地方对"风景"的不同感受。《最美四季》用老人、小孩衬托春天的美好,用姑娘和小伙子写夏天的热烈、生机和活力,用风韵犹存的中年女子来比秋,用雪地里玩的孩子来写冬,这种匠心独运的蒙太奇结构方式,新人耳目。叙事散文《大雁塔下的中国年》《北关故事》《白鹿原上的薄太后墓》《秦岭故事 扯袍峪里的一只猫》《汉阳陵里的故事》《写在父亲节》《笔的故事》《女孩娟子》等,更是直接讲故事。

故事背后往往隐含着出人意表的道理。如《白鹿原上的薄太后墓》后面写道:"薄太后的故事,让人不由得想到《道德经》中'以其不争,故天下莫能与之争'的名句,这是对薄太后传奇经历最恰当的评价……在看似薄凉的世界里,很多人在忙于攀高踩低,忙于追名逐利,却唯独忘了自己的初心,忘了守住自己的尊严和底线。殊不知,能守住底线和善良的人,最终还是成就了自己。"《笔的故事》在讲述自己小时候经常丢笔,但家贫,不得不"守笔如命、人在笔在"的心酸往事后,自然转入议论:"现在看到有的学生作业本没写完就撕完了,精致的铅笔盒里形形色色的笔却不想用来写作业,我非常惋惜。这几年我们的物质水平大幅提高,一支笔、一个本,在很多人眼里不值一提……各大平台都在疯狂地输出'买买买'的思想。只有像我这样经历过物质匮乏的人,才懂得珍惜。"

　　善用对比,细节出彩,引用比比皆是,是孙博文散文的一大特色。作者往往将少年时光与成人世界相比,如《闲话友情》,也有把自己的孩子与自己相比的;《姥姥的人生》用对比的写法,写了人生路径和做事风格完全不同的两位祖辈,看似脱题,实则别致。《奶奶是我心中的佛》里,暖手的细节描写,真实感人,奶奶的好脾气也令人泪目。作者积累多,又善于思考和体物,引用信手拈来而妥帖。文章还善用想象和联想,如描写晴天时,忽而想到雨天时的样子,使得意境倍增,意趣天成。

　　诚然,散文讲究"形散而神聚",作者做到了。如《"磨镰水"是一种昵称》,看似天马行空实则不离主旨。《人生百年　恍如一梦》题如其文,通过现实人物故事和作家张爱玲的生死故事,提出对生命的思考。《你答应过要娶我》是小说化的散文,令人伤怀。《最愉快的旅行》细述美景、畅忆亲情,而始终以"愉快"贯之。这些,都是孙博文写得有灵气的作品,是对"有意味的形式"最好的注脚。

最后也是最重要的,说说孙博文散文的内涵之美。

开卷有益,知识性、识见性、启迪性强,是本书的鲜明特色。《送你一束忘忧草》考证出"萱草即忘忧草即黄花菜";《接纳自己 就是和世界握手言和》写了《我是演说家》中无臂女孩雷庆瑶的乐观;《独行唯犬随》甚至能从养狗的经历中总结出道理……《健身房侧记》的启示是:人只要勇于打破自我的设限,每天进步一点点,生命的意义就会更丰富。《爱的名义》告诉人们:以爱的名义犯错,最糊涂。《静待花开》则是纵横开阖的哲理散文,事例丰富,道理深刻,事与理互相映衬。

作者对陇东往事、陇东民俗风物的钩沉、发掘,具有"立此存照"的史料价值,亲切感人。《小镇女医生》钩沉特殊年代的人和事,题材独特,隐含深意。书中更多的是对往事的深情回忆,如《有一种高考叫"预选"》《那年我是复读生》。叙事散文《女孩娟子》让人过目难忘,是陇东苦难史的文学记录。《有女出嫁说彩礼》《端午时节话端午》等,娓娓讲述陇东出嫁女摆陪房、过端午的习俗;又如《似水流

年 我的记忆我的年》,是对陇东过年穿新衣、散压岁钱的描写。《九月的回忆》故事曲折揪心,得出的生活哲理亦丰盈:"遇事,往好处想,给自己一线希望,就有生活的勇气和战胜困难的力量。不在烂人烂事里纠缠,就是给生活松绑,给自己解脱……"

许多情况下,标题就很美、很有思想,如《相信岁月总是把最好的留在最后》。我们有理由相信,作者是位智者。

作者说她出书是为了实现自己多年的心愿,我想她的心愿已经达成。《流年漫过长安城》不仅可以慰藉关心和帮助她的亲朋好友,而且足以给读者惊喜,为图书界吹来一股清风。

这里,我衷心祝愿作者:在写作的路上走得更远。

是为序。

(作者系中国作家协会会员、陕西师范大学硕士生导师)

目录

长安陌上

大雁塔下的中国年 / 3
龙首村随想 / 7
未央路街头的一幕 / 11
北关故事 / 14
常宁宫小记 / 18
白鹿原上的薄太后墓 / 21
西安城墙城门多 / 25
在西安遇见春天 / 30
一个长安半城诗 / 35
秦腔　童年的精神家园 / 39
偶像贾平凹 / 43
怀念路遥 / 47
秦岭故事　扯袍峪里的一只猫 / 52

汉阳陵里的故事 / 56

春天陕北行 / 60

一路向西 / 64

张载故里行 / 68

治愈一切不开心 / 71

疫情下的西安居家生活 / 75

翻阅流年

送你一束忘忧草 / 97

端午时节话端午 / 100

今夜　有雨敲窗 / 103

冬至已至 / 107

奶奶是我心中的佛 / 112

姥姥的人生 / 119

写在父亲节 / 122

母亲的身影 / 128

我的语文老师 / 135

笔的故事 / 139

"磨镰水"是一种昵称 / 143

有女出嫁说彩礼 / 147

九月的回忆 / 152

有一种高考叫"预选" / 157

那年我是复读生 / 163

接纳自己　就是和世界握手言和 / 169

独行唯犬随 / 173

健身房侧记 / 176

我爱广场舞 / 181

闲话友情 / 185

爱的名义 / 189

静待花开 / 193

女孩娟子 / 199

你答应过要娶我 / 203

小镇女医生 / 208

人生百年　恍如一梦 / 211

一路听风

风景这边独好 / 217

一座来了就不想走的城市 / 220

最美四季 / 225

美丽的九寨沟 / 229

最遥远的旅途 / 233

最愉快的旅行 / 238

云水谣　茶乡的歌谣 / 246

青海湖掠影 / 251

年的絮语

似水流年　我的记忆我的年 / 259

年将岁月切成了片段 / 263

年年雪里常看雪 / 266

冬天的诗 / 270

相信岁月总是把最好的留在最后 / 273

后记 / 275

附：爱上西北 / 279

长安陌上

长安梦千载

尘烟落满怀

慢数浮生事

流年不重来

大雁塔下的中国年

在慢时光的农耕社会，对中国人而言，过年是最重要的节日。这既是对过去一年的总结，也是对来年的期盼和祝愿。鲁迅的散文《阿长与〈山海经〉》中写道，长妈妈要迅哥儿牢牢记住，在正月初一这天，清早一睁开眼，第一句话一定要对她说恭喜。长妈妈说"这是一年的运气的事情"，第一件事一定要吃福橘，这样才"一年到头，顺顺流流"……长妈妈对迅哥儿的要求大概就是普通百姓最美好、最朴素的愿望吧！

我的老家陇东地区过年也有很多仪式和说道。记忆中，过年时，除了灶前简单的祭祀仪式，母亲还会告诉我们正月里的一些禁忌，诸如：初一不动刀子、不做针线啦，初七大人小孩必须上街逛逛啦，我母亲管这叫"游魂"，这天的游逛能让人的灵魂和身体归一，新的一年里就会健康平安；正月十六还有"游百平"的说法，这天游逛能保百日平安。其实，这诸多说法都是为了讨个吉利和好兆头，祈求新的一年里健康平顺，和鲁迅的散文《阿长与〈山海经〉》中长妈妈对迅哥儿的要求没有两样。

社会的发展日新月异，生活虽然发生了翻天覆地的变化，但人们对年的期许，不但没有减少，反而愈加重视。

2018年春节，西安向全世界发出了邀请，"西安年，最中国"的春节活动靓了长安城，燃了大西安。

正月初七，一个暖阳正好的午后，我依着母亲传给我的习俗去"游魂"，一家人去逛大雁塔。

我们从龙首原出发，一路向南慢慢逛，感受红红火火的西安年。上灯时分，刚好到大雁塔北广场，迎面而来的是两个盛装的大花篮，鲜艳壮观，西安的祝福就这样热烈而张扬地呈现给来自四面八方的游客。

整个大雁塔都洋溢着一派热闹祥和的中国年味道。红红的灯笼亮起来了，欢快的音乐响起来了，闪亮的喷泉舞起来了，人们携老唤幼到千年大雁塔来赏灯过年。现场游人如织，每一张脸上都洋溢着幸福的微笑。看着这一张张笑脸，我想正是这些平凡而普通的人的笑脸才能映照出国家的发展与繁荣，才能汇聚成泱泱盛世的欢乐中国年。

我随着游人缓缓向南，大雁塔东西两侧的扇形灯带给我太多的惊艳，这简直就是2018年大雁塔灯展的一张名片。折扇原本是中国传统艺术的代表，是中国符号，具有戏曲的韵味。

大雁塔的扇形灯带色彩大胆艳丽，或红或紫或黄或绿，搭配书法和牡丹、芍药等中国风图案，虽艳却不扎眼，反而跟周围红红的灯笼、古朴的大雁塔、枝枝丫丫的树木那么协调，在灯光的照射下，灯带美轮美奂，让我徜徉其中，久久不愿离去。

这时，我隐约听到了一种声音，一种仿若源自土地的声音，它带着苍凉，带着旷远，从千年前缓缓飘来……我循声而去，在大雁塔南广场的玄奘像前，看到一个吹埙的人。

黄昏的大雁塔下，繁华的闹市中，千年陶音似泥土般沉重的叹息，又似远离尘埃的天籁之音，在诉说着脚下这片土地的沧海桑田、日换星移。

吹埙人是那么投入，眼前的流光溢彩、繁华喧闹似乎与他无关，那一刻，埙音与天地融合，穿越古今。

据说，上苍用泥造人的时候顺手就捏了埙。人开七窍，有了灵魂；埙凿七窍，有了神韵。

埙音能直入人的灵魂深处，让每一个聆听者都能听懂它的低诉，它在低诉久远的浑厚悲壮，低诉过往的从容和激情。埙音融化了周围的行人，如风从天空穿过，如尘从眼前飞过。

我静默在黄昏里，有些恍惚迷离，仿佛听懂了埙的低诉。

在幽幽的埙音中，我仿佛看到了远古时期公王岭上的祖先——蓝田人，他们披着树叶做成的衣裙，在古老的森林里穿行忙碌。

我仿佛听到了战马的嘶鸣,秦国勇士一往无前的呐喊声,显示着始皇帝气吞山河的雄霸气魄。从此,有了华夏大一统。

我仿佛听到了汉武大帝和他的将领们封狼居胥、燕然勒石的欢呼声。从此,大汉民族屹立东方。

我感受到了唐太宗李世民开创的盛唐时代,宛若太阳下镶满宝石的皇冠,熠熠生辉千百年……

我在聆听,古朴静默的大雁塔在聆听,大唐高僧玄奘像在聆听,天上那轮明月也在聆听。

一曲埙乐给热热闹闹的大雁塔增加了属于古老秦地的独有味道。

当埙乐戛然而止时,喧闹的大雁塔突然一片寂静。

短暂的静默后,千年时光流转回旋到繁华的眼前。我们继续往南,那是充满现代气息的西安大唐不夜城,有西安音乐厅、西安美术馆、购物中心、电影院等都市休闲娱乐场所。沿路精心设置的水景与灯光融为一体,置身其间,仿佛漂浮在闪烁不定的星海。仿古的建筑古韵华章,别具一格,流光溢彩,如梦如幻。身处其中,宛如穿越岁月的时空隧道,在现代的天空下感受唐风古韵,感受西安年独有的味道,感受西安给予所有拥抱西安的游人最美好的祝福。

"西安年,最中国",相约明年,来西安过年,在大雁塔下逛逛,就会祝福成真,梦想成真!

龙首村随想

傍晚的龙首村拥挤而静默——脚步匆匆的行人，私家车、公交车，还有那三轮车、摩托车都交会于此，显得拥挤不堪。但斑马线前停下来的机动车，耐心地等待行人和单车穿过，夕阳将人和单车的影子拉得很长很长，使喧嚣的城市骤然多了几分从容，就有了拥挤中的那份静默。这也成了繁忙都市里的一道风景。

我眼看着西安城向四周延展扩张，但龙首村永远是北郊的一个支点。从20年前开始修建未央路立交桥开始，我看到了西安城的日新月异。西安城中心是钟楼，一路向北，出了北门到北稍门，过龙首村，再从凤城一路到凤城十二路，西安就是这样在都市发展的道路上越走越宽阔。

北郊离城中心最近的北关、北稍门一带，是西安城里原住民的聚居地，也是烟火气最浓的地方。这一带，因为在火车站的北边，被称为道北。当年沿铁路逃荒而来的河南老百姓在此安顿下来，如今也成为地道的西安人，因此生活在这里的老西安人很多都说着一口流利的河南话。

北郊的都市新贵们去了离城中心较远的凤城四路、凤城五路，乃至凤城八路。那里既有市政府机关，又有城市运动公园。楼盘是高档的，小区里的规划也是有景观的，物价比北关、北稍门一带要高一些。

我在凤城五路上班，来来往往好几年，那里有西安中学，是省直属的重点高中，每天晚上或周末来接孩子的私家车云集，也有骑电动车的父母来接孩子，但往往是把电动车"藏"在离学校较远的地方，人站在路边等孩子。与西安中学东门相隔一条马路的雅荷春天小区，里面住的大多是功成名就的创业者，实现了财富自由，也有外国人时常出入。小区环境幽雅，四季美丽如画。

凤城五路周边，即使巴掌大的小饭馆也是装饰一新，或有文艺调调，或有秦地特色，每个店都精致典雅。北关、北稍门一带的小饭馆则明显没有这么讲究，有些简陋的小店，没有任何装饰，门口支口大锅就吆喝开了，便宜实惠，烟火气很浓，至于卫生条件自然远不如凤城五路的小店。

后来我到北关上班，常常为每日的午饭纠结。路口的一家夫妻小面馆，让我眼前一亮：仅十多平方米的小店里，没有任何多余的装饰，虽只有四五张桌子，但擦得干干净净。每张桌子上都摆着一个"盆栽",爱生活、有情调的女主人别出心裁,将红薯当作绿植——洗干净的红薯,或插在有小石子的矿泉水瓶里,或横置于一次性塑料饭盒里。原本就不规则的红薯,随机长出几片绿绿的叶子,别致又清新,成了餐桌上的独特风景,让小店显得生机盎然,使我对这家小店心生好感。

夫妻俩30多岁,有一对上小学的可爱孩子,周末的时候能见到小兄妹俩在店里玩耍。他们偶尔还会帮妈妈收拾碗筷。客人来了,店主人并没有过于热情的招呼,只有一句:"你吃啥?"然后就闷头去做。这一家人温暖了我,我于是成了这里的常客。

这样的小店不可能一夜暴富,但靠着勤劳的双手足以维持一家人的生活。他们就是生活在这个城市里的小人物,靠辛勤的劳动养活一家人,看起来平平常常的小店,原来是一些大城市缺失的风景。看起来平平淡淡的一家人,其实是稳稳的幸福。

我家楼上曾经住着一个豪气的女邻居,家里有宝马、奔驰名车几台,雇着好几个保姆。她曾经经营的房屋中介公司遍布西安城,当年在西安市也算有名气,在小区里声名赫赫。可是当女邻居匆忙地卖掉房子后没几天,她就成了网上追捕的逃犯,只留下家人收拾残局。我想女邻居一定是个阴毒的女人,不仅不动声色地骗了员工的工资、客户的房款,还坑了自己亲戚朋友的投资款卷款逃跑了。她一定是信奉金钱万能的价值观,认为钱越多越幸福，所以才不择手段地攫取钱物，最后携款潜逃。

女邻居一直都在这个城市里打拼、追逐，追逐无尽的金钱、财富，却把自己最初的梦想和最后一点人情味全毁了。我想就算她侥幸地、衣食无忧地在国外度过了后半生，难道就能心安理得？难道就不会噩梦连连？这样活着，还有什么意义！

人，用自己的双手创造的财富心安，用自己的双脚走过的路踏实。在这个创造财富神话的时代，在很多人都挖空心思寻求一夜暴富的社会，小面馆里的夫妻却显得恬淡而宁静，知足而幸福。他们才是真正劳动致富的人，所以他们的幸福是踏实而长久的。

我每天往来于有无尽历史故事的龙首村，看穿梭不停的行人，看车来车往的街景，能感受到大多数人都在为生活而奔波。我想：偌大的世界，比财富的多寡，永远没有尽头，也没有标准；比内心的坦然富足，也许人人心中自有一把衡量的标尺，那是夜深人静时的扪心自问，是内心的坦荡与宁静。内心宁静了，就不会受那些乌七八糟的邪念诱惑，就会靠勤劳的双手去生活，这样的生活才是踏实的。

未央路街头的一幕

下班回家,我在未央路上,又见到了那位胡子花白的老人。他衣衫脏旧,跪在地上低着头,嘴里不停地念叨:"行行好吧!可怜可怜我吧!"

路边行人穿梭,没有人为他停下脚步,来往的人,都是冷漠的面孔。

也许是乞讨行骗的新闻报道太多,也许身处繁华的都市人对乞讨司空见惯。都市的复杂与不知底细,让人们原本柔软的内心越来越麻木,于是大家神情漠然,大都选择了无视。

我在西安的街头多次见过这位老人,也曾经给过他一些帮助。这次,我假装没看见,是怕麻烦,不想打开包,不想去掏零钱……我逃也似的快步离开,可是走出几米远后,我的耳畔似乎还有老人的哀求声。我躲不掉自己内心的声音,还是返回去,给了他一个肉夹馍的资金帮助。

这样的老人,无论背后有什么原因,他们都应该被同情。

如果是孤身老人，有相应的政府机构收留他，或者有低保，这就是国家养老；如果有儿女，儿女应该让他有个正常的晚年生活。任由老人放弃尊严，流落街头，跪地乞讨，不是我们的养老福利制度不够完善，就是儿女不孝吧！

这让我想起多年前的一件事。3岁的儿子和我在街上见到一个男人抱着孩子坐在寒风中，面前的纸上写着求告，说是孩子生病，无钱医治，希望得到好心人的帮助。有人围观，但无人伸手，儿子听到了那个孩子的哭声，难过地边哭边对我说："妈妈，给他钱，买好吃的！"然后从我手里拿过包，就要掏钱。我被儿子感动，给了他们10元钱，这在20世纪末的小城里，对我的家庭来说算是不小的一笔钱，我和儿子的举动感动了那些驻足的路人，他们纷纷解囊相助，一元、两元……

如今，长大成人的儿子，再见到乞讨的，不仅不会帮忙，还会告诫我不要同情心泛滥，他说那些乞讨的都是出来骗钱的，乞讨的比我们还富有。

是什么让原本善良的孩子越来越世故？是什么让爱心满满的我们越来越冷漠？是那些利用人们的善良乞讨的骗子，还是我们的心在变冷？

后来，父亲的一席话给了我答案。

那年夏天，我和父母亲去钟楼游逛，见到一对老年夫妇。他们70岁左右，穿戴整齐，拿着棍子、端着碗，站在钟楼广场西边的世纪金花通道，朝过往的行人伸出手中的碗，不说一句话，只是用期待的眼神看着行人。我丢下几枚硬币，对身边的父母说："他们多可怜！"谁知，一旁的父亲平静地说："他们一点也不可怜。我觉得还挺好。"

父亲心地善良，很有同情心，怎么会说出这样的话？我惊讶地问："为什么啊？如果当个叫花子那么好，你当年为啥非要供我们读书上学？还不如让我们早早出去要饭呢！"父亲说："这不是一回事。人活到什么地步就说什么话，他们活到这个地步，还能走能动，能来到大城市，讨到一点钱，能生活下去，也不错。"父亲的话简直就是余华小说《活着》的主旨，虽然他不知道余华，也没看过小说《活着》。

我想，父亲的话也对。每个流浪乞讨的人，一定有他们不得已的苦衷。既然生活到了这样的地步，就不怕世人的怜悯和鄙夷，放下尊严，乞讨着努力活着，也是一种生活方式。

生命的意义原本就是活着，每个人都有生存的权利，只是活下去的方式不同。面对乞讨者，如果经济条件允许，我们还是要遵从内心的善念，相信眼睛看到的就是真实的，给予乞讨者力所能及的同情和帮助，这就是一种爱的传递，是对社会的一点回报。

北 关 故 事

我在西安的老街北关生活了十几年。北关是西安市流动人口大量聚居的地方，许许多多陌生的面孔在我眼前流动，他们大多是步履匆匆的年轻人，要么面无表情地赶车，要么低头看着手机。我能记住的没有几个。

有一个人，成为我生活中熟悉的陌生人，每隔一段时间我就能见到他。每次见到他，他总有一些变化，如同回放的电影慢镜头。

多年前初次看见他时，他30岁左右，戴着墨镜，拿着一根长长的棍子，摸索着前行。在拥挤的西安城，腿脚灵活的人常常都是无路可走，宽阔的马路是用来跑车的，人行道上停放着私家汽车，堆满了共享单车，人得绕着车走，所谓的盲道经常是"断头路"。如此拥挤不堪的城市，真的出现盲人独自出行的概率不高，于是我下意识地想，他真的是盲人吗？

他身体单薄，穿戴整齐，还有白癜风的病症——脸上的皮肤是那种不正常的白。他手里的棍子在试探着，小心翼翼地前行，没有乞讨的样子。我相信他是盲人。

后来，隔三岔五就能看到他，他应该在附近的盲人按摩店上班，也属于自食其力的残疾人。

好久没有再见到他。

两年后的一个晚上，我和老公在散步时，又看见了那位盲人。他还是拿着一根长长的棍子，试探着前行，只是背上多了一个孩子，孩子还在咿呀学语。他不停地安抚孩子："乖乖，不哭啊，马上就回家了。"

我想，作为残疾人，他是没有能力收养孩子的。他应该是结婚了，这是他自己的孩子。

又过了两年多。

我再见到他的时候，他依然戴着墨镜，一只手拿着一根长长的棍子，在试探着前行，另一只手领着一个两岁多的小女孩。小女孩穿戴得整整齐齐，安安静静地跟在他身边。这个喧嚣的城市，好像突然安静了下来，所有的行人都在为这对父女让路。

又是好久没见到他。

去年夏天再见到他的时候，要不是他的墨镜和他特殊的皮肤，我差点没有认出他。因为他已经丢掉了棍子，像个正常人一样行走，只是旁边多了个背着书包的小女孩。

小女孩牵着爸爸的手，父女俩有说有笑的。他们的背影和众多放学路上的父女没有任何区别,只是其他父女是爸爸牵着孩子的手,他们却是小女孩领着爸爸。

  我的眼眶有些湿润,原来生命就是以这样爱的方式在延续。

  在这个看似薄凉的世界中,这对父女依然深情地活着,不知道小女孩的妈妈是怎样的情形,但盲人爸爸养育孩子的艰辛一定不是我们正常人能体会的。小女孩从她懂事起,俨然成了爸爸的拐杖,做了爸爸的眼睛。

  中国台湾盲人歌手萧煌奇在《你是我的眼》中唱道:

> 如果我能看得见
> 就能轻易地分辨白天黑夜
> 就能准确地在人群中
> 牵住你的手
> ……
> 你是我的眼
> 带我领略四季的变换
> 你是我的眼
> 带我穿越拥挤的人潮
> 你是我的眼
> 带我阅读浩瀚的书海
> ……

这首歌简直就像是这位父亲写给女儿的歌。

有钱有地位的孩子都是含着金钥匙出生的，他们从小就有人伺候，穿戴名牌，生活奢华，出入前呼后拥。而这个小女孩从一出生起，就承担着使命，需要照顾身体残疾的爸爸。

人的出身是不能选择的，但感受爱的能力却是相同的。这让我想起儿童小说《绿山墙的安妮》中的女孩安妮，她自幼失去父母，11岁时被绿山墙的马修和玛丽拉兄妹俩收养。被收养就意味着要去照顾年迈的马修和玛丽拉，安妮自尊自强，感恩马修和玛丽拉，长大后选择了留在玛丽拉身边，照顾玛丽拉，赢得了周围人的尊敬，也赢得了属于自己的幸福。

穷人的孩子早当家，父亲是盲人的小女孩，物质生活或许没有同龄人优渥，可是谁又能说她缺少爱呢？她的精神世界应该是充盈的，她应该感知到了浓浓的父爱。

每当我走在北关，看到他们父女远去的背影，总是在心里默默地祝福，希望小女孩一家平安幸福。

在这个看似薄凉的世界里，温暖、感动就在身边，平安、祥和是属于普通人的幸福故事。

常宁宫小记

那年深秋,一个阳光暖暖的午后,我和友人坐在常宁宫的后院聊天。

我初到西安,在适应新环境;儿子上初二,也正在适应新学校。青春期的男孩子,个子突然蹿到了一米八,脾气就像他的个子,也突然变大了。我有些不知所措,无限烦恼,向友人抱怨生活的不易。

友人是我在一家文化公司的同事,也是我的领导——个雅致知性的大姐,退休后被老板请来做顾问。她比我年长,喜欢我写的文章,待我如妹妹。周末,约我到此,没有过多地聊我的苦恼,只是轻描淡写地说:"男孩子都有这样的过程,你不要着急,慢慢就好了。"然后没有再说话,我们一起看山下,眺望远处。

向南望去是秦岭绵延横亘,脚下几百米深处是一片黄灿灿的树林,静静的滈河蜿蜒流淌,阳光下波光粼粼,我的内心有一种久违的宁静与喜悦。

要不是友人领我来这里，我是不知道此地的。西安的名胜古迹很多，这唐朝时的皇家御苑常宁宫，与兴庆宫、大明宫、阿房宫等相比，知道的人也不多。这里人迹寥寥，安静得像在自家的小院。

关中地区有四大名原：神禾原、白鹿原、五丈原、少陵原。常宁宫就在神禾原的半崖上，位于西安市长安区正南5公里处，距离市中心钟楼较远。这里林木葱郁，环境幽静，冬暖夏凉。

据说在隋末唐初时，李世民之母窦太后来此郊游，路遇匪徒追杀，窦太后进洞躲藏，匪徒将要进洞追赶时，从土崖上滚落下一根石柱，将匪徒砸死，尉迟敬德及时赶到，窦太后化险为夷。

为此，唐太宗在此修建了西寺佛爷庙，祈求平安。后又在此地修建避暑山庄，并赐名"常宁宫"，寓意常保安宁。并把这块天外飞石竖立在窑洞前，大石柱旁边立着的石碑上写着"灵感石"三个大字。石头的一侧是黑色的，据说摸它可以保佑幸福、平安。如今，被称为灵感石的石柱，仍立于观景亭旁。

据载，民国时期，胡宗南在这块风水宝地上秘密为蒋介石修建行宫，蒋介石偕夫人宋美龄曾三次下榻这里，两人亲手合栽的连理树、桂花树已经枝繁叶茂。蒋介石的二公子蒋纬国和西北棉纱大王石凤翔的千金石静宜的婚礼也在此举行。

常宁宫庭院不大，但是精致、静谧，风光秀丽，处于半山腰，地势险要，易守难攻。面南而建的一排排窑洞，冬暖夏凉，又有专门的逃生密道。不得不说，修建此宫的人真是用心良苦。

新中国成立后，人民作家柳青曾在此完成了小说《创业史》。《创业史》就是对神禾原上长安县（西安市长安区）皇甫乡当时农村合作化火热生活的真实写照。

柳青写作居住的小小窑洞连同蒋介石夫妇当年的卧室，还有国民党当年的议事厅、秘密逃生通道等，至今都保存完好。

如果带小孩过来，去秘密逃生通道走一遍应该也很好玩，只是我和友人都没有冒险的心思，就没有进去。

现在的常宁宫已经成为一处普通的休闲避暑山庄，是老百姓的避暑胜地。当年蒋公子和石小姐举行婚礼的红楼，游客们也可以预订入住。因了唐代文学家韩愈当年在秦岭山下有诗云"云横秦岭家何在？雪拥蓝关马不前"，这里又修建了韩愈广场。韩愈石像端坐于此，让此地又多了一份人文气息。穿越历史的滈河在静静流淌，巍峨的秦岭在俯视着千年古城长安。历史的脚步从不会停歇，常宁宫的故事还在继续演绎。

盛夏时节，约三五好友来常宁宫转转，远离喧嚣，享受清凉，挺好。

那天，友人告诉我不要着急，慢慢一切就都好了。如今生活果然都好了，儿子在读研，积极阳光，挺好的。

白鹿原上的薄太后墓

西安城历史悠久,名胜古迹数不胜数,从大雁塔、小雁塔到明城墙、钟楼、鼓楼、碑林,无不驰名海内外,是中国文化的符号。

在西安市东南角的白鹿原上还有一个不起眼的陵墓,占地面积不大,陵前仅存清代陕西巡抚所立石碑,上书"汉薄太后南陵"六字。陵墓中沉睡着汉文帝的生母——薄氏。这个苦命的女人一生经历了太多的屈辱和苦难,最终儿子能成为永载史册的明君,成为汉高祖刘邦的继承者,是与她这个母亲有很大关系的。

薄氏原是项羽部将魏豹的妾室,魏豹被韩信击败后,薄氏入汉宫,入宫一年多,却连刘邦的面都没有见过。薄氏年少时,有两个闺密——管夫人、赵子儿。她们三人约定,不管谁先富贵,都不要忘了其他二人。后来管夫人、赵子儿先后受到刘邦宠幸。两人谈笑间说起曾经的约定,无意间被刘邦听到了，刘邦好奇地问起其中缘由，两人以实相告。刘邦心生怜悯，召见了薄氏，薄氏才有了身孕，生下儿子刘恒。

此后的薄氏，因为姿色平平，也无意争宠，几乎没有再见过刘邦。刘邦虽然遗忘了薄氏，却没有忘了自己的儿子刘恒，在刘恒8岁时，刘邦封他为代王。

汉高祖刘邦死后，政权落入其妻吕雉手中。吕后想将帝位传给吕姓子孙，于是大开杀戒，将刘邦的儿子们几乎赶尽杀绝，只有小儿子刘恒幸免于难。

刘恒之所以能够幸运地活下来，并不是吕后生了恻隐之心，而是得益于自己的母亲薄氏。薄氏从小就为官府奴仆，早早进宫，见过了宫廷的争斗杀戮，知道宫廷内部的残酷无情，所以一直苦读《道德经》，领略道家思想的精髓，主张清净无为，与世无争。母亲清心寡欲、与世无争的思想也深深地影响了刘恒。他根本无意与其他皇子争夺继承权，这样的思想和处世方式保护了他们母子。

刘邦死后，吕后对刘邦曾经宠幸的爱姬，全部加以报复，把她们幽禁起来，不让出宫，还想方设法杀死了她们的儿子。而薄氏因为很少见到刘邦，在宫中又没有地位，对吕后没有任何威胁，所以吕后准许薄氏出宫，跟随儿子刘恒前往封地代国，被尊为代王太后。封地在西北边疆，是毗邻匈奴的荒漠贫瘠地带。其他皇子都不愿去这样的偏僻贫穷之地，刘恒到那里后，几乎被朝野遗忘，正因为如此，刘恒才躲过了吕雉的迫害。

吕雉死后，大臣们在寻找合适的皇位继承人时才发现，刘邦的皇子们被吕后残害得只剩下刘恒一人了。于是，这位远在边疆、性情朴实、清心寡欲、守道尚德的代王便被请回长安，成为汉文帝。汉文帝的母亲薄氏理所当然地被尊为皇太后。

汉文帝即位后生活十分节俭，宫室内衣服也不增添，节省开支，贵族官僚不敢奢侈，从而减轻了人民的负担。汉文帝兴修水利，重视农业，鼓励农民生产。他励精图治，使汉朝进入强盛安定时期。汉文帝非常孝敬自己的母亲，在当时成为朝野佳话。汉文帝受母亲薄太后的影响，采取了"无为而治"的统治思想，使当时的经济得到了有效恢复，汉文帝也因此流芳百世。

汉文帝与其子汉景帝统治时期，开创了历史上的"文景之治"。这是中国古代封建社会的第一个盛世，也是中国历史上经济文化发展水平较高的时代之一，为后来汉武帝讨伐匈奴奠定了坚实的物质基础。

薄太后的故事，让人不由得想到《道德经》中"以其不争，故天下莫能与之争"的名句，这是对薄太后传奇经历最恰当的评价。她躲过了吕后的血雨腥风，保全了她和儿子的性命，最终成就了儿子和她。

在看似薄凉的世界里，很多人忙于攀高踩低，忙于追名逐利，却唯独忘了自己的初心，忘了守住自己的尊严和底线。殊不知，能守住底线和善良的人，最终还是成就了自己。

薄太后的故事，是传奇，也是一种人生智慧，更是一种人生哲学。

闲暇之时，去白鹿原凭吊薄太后，吹吹郊外的清风，看看绿色的原野，在喧哗的都市不会迷失自己，一定会有新的人生感悟！

西安城墙城门多

西安是一座有着3000多年历史的古城，曾经先后有13个王朝在此建都，是我国历史上建都时间最长的城市。从隋唐时期宇文恺规划大兴城开始，西安就形成了棋盘式、方正、平直、规整的城市街道网格体系。当时的隋唐长安城是世界上最大的城市，极度繁华兴盛；五代衰落，仅沿用原皇城的部分，但仍延续其方格网街道脉络；到明代，重新扩建西安城，并一直延续发展至今。现在的西安老城区和明代西安城的范围基本保持一致。老城区是整个西安市的核心区域，也是西安作为历史文化名城的重点保护区域。

西安的老城区就是指西安城墙内。城墙将西安城划分为城内、城外，城内如同一座巨型四合院，方方正正，以钟楼为中心，以东西南北的城门为标志和通道，连通整个西安市。

方正、规整的城市布局，让初到西安的人，很容易分清东南西北，但辨别清楚西安的城门还得有好记性。

西安城墙四面共有18座城门，正门分别是东门长乐门、南门永宁门、西门安定门、北门安远门。这4座城门的名字，寄予了古人追求安宁长乐的美好愿望。

紧挨着4座城门的是民国时期增开的4座门：小东门中山门，因纪念孙中山先生而得名；小南门勿幕门，原名"井上将门"，因纪念辛亥革命中陕西革命先烈井勿幕先生而得名；小西门玉祥门，因纪念冯玉祥将军率兵击溃镇嵩军解西安之围而得名；解放门，原名"中正门"，新中国成立后，因在解放路北边而更名。

后来，为了缓解交通压力，又在城墙上开了10座门，南边有朱雀门、含光门、文昌门、和平门、建国门；北边有尚武门（即小北门）、尚德门、尚勤门、尚俭门；东边有朝阳门。

西安明城墙是中国现存规模最大、保存最完整的古代城垣，与山西平遥城墙、湖北荆州城墙、辽宁兴城城墙并列为中国现存最完好的4座古城墙。

2008年，我在西安买了房子，迫不及待地约老家的朋友来逛西安城。我打东边从河南坐火车过来，她们坐大巴从西边到西安火车站对面的长途汽车站，我们相约在火车站前的城门洞见面。结果她们在一个城门洞下等我，我在另一个城门洞下等她们，那时候没有微信，全靠电话，直到我们抬头看到了城门洞上的名字才知道等错地方了，我在尚勤门，她们在尚德门。

2010年,我在西安安了家,在离家不远的北关找了份工作,是一家规模不大的私人文化公司,做教辅图书,同事都是刚毕业的年轻人,出身草根,来自周边郊县的农民家庭,大多是渭南师范学院、西安外国语大学等院校的毕业生,一毕业就在西安自谋职业。小王,蓝田小伙儿,刚从渭南师范学院毕业,女朋友是他的大学同学,一起租住在离公司很远的鱼化寨城中村,每天坐两个小时的公交来上班,当时的工资大概两千块钱,省吃俭用的。即使这样,他也是快乐的、满足的,他说每天从西安上千年的城门下穿过,内心是自豪的。不知道后来他是否如愿做了新郎,在这座城里有了自己的家。

西安城门出入达官贵人、巨贾富商,也穿行平民百姓、贩夫走卒。城门对每一个经过的人都是平等相待——冬天能避风雨,夏天能遮太阳。

站在西安城墙上,不同的时间有不同的风景:白天站在古城墙上,视野开阔,俯瞰城里城外的车水马龙,感觉它们离自己很遥远,低头细看城墙古老的青砖,似乎感受到了这座古城千百年来的风云变幻和荣辱兴衰;黄昏,夕阳下的古城墙,散发出另一种光彩,古朴庄严、磅礴伟岸;到了晚上,城墙上的灯亮起来,神秘而耀眼,炫彩夺目!

登西安城墙是有讲究的,古人认为登上城墙东门(长乐门)会交好运。东门上的两座城楼,箭楼、正楼里有两块匾,一块匾上写着"紫气东来",一块匾上写着"旭日东升"。"紫气东来",意思就是有紫气从东方而来,而紫气自古以来就是吉祥、富贵的象征;"旭日东升"指的是初升的太阳从东方升起,是一种朝气蓬勃的景象。《诗经》中"缁缁鸣雁,旭日始旦"形容太阳的升起,也有"天下安澜,旭日东升"象征和平盛世之意。

随着西安旅游业的快速发展,西安城南的景点越来越多。南门紧挨碑林博物馆,骄傲自信的现代人不需要那么多讲究,所以南门成为登城墙的主要入口。一年一度的城墙灯会也是围绕南门布置。

新冠肺炎疫情发生前,西安每年春节都举办城墙灯会,吸引着四面八方的游人。夜幕降临,华灯初上,西安城里好像更加热闹了。

在南门城墙上赏灯是西安春节的重头戏,家家户户,扶老携幼,一起出门看灯展。人头攒动,如潮涌动;乡音有异,笑颜共开,一派盛世太平景象。

那年正月十五,我爱人已去工地上班,20岁的儿子要带着他80多岁的爷爷逛城墙看灯展,自然得拉上我同行。儿子跑得快,一会儿去这里瞧瞧,一会儿去那里看看;老爷子虽然腿脚不疼,但毕竟是上了年纪的老人,只能由我陪着,慢慢走。西安的大街小巷,都是灯光璀璨,到处火树银花、流光溢彩,高科技的灯光秀美轮美奂，真正是妙不可言的人间仙境！

　　我陪着老人第一次这样慢腾腾地仔细赏灯。灯会以传统文化为主调，以现代高科技为手段，以绚丽的色彩为形式，把形、色、光、声结合起来，造型华丽壮观，气势恢宏壮美，好像重回了大唐盛世。我似乎看到了昔日的繁华，那些穿汉服的女孩从我眼前飘过，还真有点穿越的感觉。我陶醉在色彩和艺术的海洋里，忘记了时间，忘记了空间。高科技的灯光设计，不仅仅是造型别致新颖，还让人看到了西安与世界的和谐相处，西安和世界的一种文化连接。

　　西安城墙是最能代表西安的地标之一。千百年来，西安城墙以其庄严雄伟的形象，守护着中华千年的历史文明，更承载着秦人那份独特的情感。西安城墙的一砖一瓦，都蕴含着古老又沧桑的文化气息，成为中国人记忆深处的精神支柱。

在西安遇见春天

在北方的长安，有冬的寒冷和萧条，自然也有春的温暖和生机，夏的炎热和蓬勃，秋的凉爽和收获。北方永远四季分明，季节对比强烈，长安人自然加倍珍惜这短暂、舒适的春天。

西安的春天，相比西北的其他城市，来得尚早。古诗有"长安二月多香尘，六街车马声辚辚"的诗句，西安的2月已见花开。

2021年西安的冬天，算是一个寒冬，但照样挡不住2022年春天的脚步，从迎春花到梅花，陆续绽放。市区温度回升快，公园多，花儿自然开得早、开得艳。

春节一过，行走在西安街头，不经意间就遇见了春天。

春天是春风的温暖，是花儿的艳丽，是叶子的碧绿，是生活的希望和期盼。

上班路过的文景公园，是我最先遇见春天的地方，小叶梅花怒放的时候，香气飘过几条街。

　　大明宫国家遗址公园离家不远，周末的时候，我也曾专门去看花儿，那里已经形成了很有规模的花带，梅花、樱花、海棠、牡丹次第开放。新冠肺炎疫情发生前，这里还举行过樱花节呢，人气很旺。也有牡丹园，虽说比不上洛阳牡丹的壮观，但也是一场春天的视觉盛宴。

　　兴庆宫公园是西安的老公园，里面的牡丹、月季、郁金香花展是春天的传统节目，我在花盛时去过，有"长安牡丹开，绣毂辗晴雷"的声势，老人孩子是主角，很热闹。那才是春天该有的样子。

　　青龙寺里的樱花开的时候，好像全城人都去了，入口的队伍有几十米长，即使这样，西安人也要年年去，赏花的热情就是生活的热情。

　　西安交通大学校园内的樱花，也是有名气的，我是多次未遇，要不是花儿未开，要不就是没拿身份证不让进，新冠肺炎疫情防控期间，更是没有机会了。

　　春天，我遇见的第一朵花，是文景路和凤城五路东北角的一丛梅花，小小的花朵粉白粉白的，香气扑鼻，是早春二月的一抹亮色。陕西省西安中学坐落于此，是北郊的名片，路边的景观别出心裁，各种花儿从不缺席，从寒冬开放的梅花到春节前后的迎春花，再到四五月的月季、牡丹、蔷薇，四季有花看，一路芬芳。

附近的雅荷春天小区，是我所见过的小区中绿化最好的，那里的物业很敬业，勤快的园林工人不停地清理、除草、移栽，所以小区里碧草莹莹，花儿朵朵。

雅荷春天小区的春天太美了，从二三月到5月底，花儿最盛，从"墙角数枝梅，凌寒独自开"的梅花到"一树玉兰傲春寒，花开无声香自来"的玉兰花，小区里的春天万紫千红、争奇斗艳，盛满了艳丽的花儿，不负小区的名字。

桃花、梅花、贴梗海棠，是我最喜欢的，花骨朵儿非常精致，如同小时候母亲给我盘的纽扣，能看到纹路。盛开的时候，适合细品，花蕊、花瓣像雕刻的艺术品，让人舍不得碰。藤萝如葡萄藤般挂在架子上，开得旺时像瀑布般流泻，非常壮观。

初中语文课文《紫藤萝瀑布》是当代散文家宗璞的作品，在她笔下，花朵具有动感，"每一朵盛开的花就像是一个小小的张满了的帆，帆下带着尖底的舱，船舱鼓鼓的；又像一个忍俊不禁的笑容，就要绽开似的"。

我所在的文化公司就在小区9号楼，楼前楼后都有藤萝架，花色纯白，开得旺时，一大片白，在阳光下很是耀眼，蜜蜂嗡嗡地闹着，春天的生机尽显于此。楼后有一片桃花林，花开的时候，有"桃之夭夭，灼灼其华"的光彩，从办公室窗子看去，一派粉红氤氲。古人说交桃花运，电视剧起名《三生三世十里桃花》都是有原因的，因为桃花艳，桃花香，桃花迷人。

雅荷春天小区的主干道两侧是杏树，每年杏花开的时候，如同进了杏花村。但是杏花开得早，遇到冷空气南下，一夜北风，全部凋零，散落一地，内心总有不忍，有葬花的冲动。《葬花吟》中"风刀霜剑严相逼。明媚鲜妍能几时？一朝漂泊难寻觅。花开易见落难寻"，我是能共情的。

春天，大多数花朵是在叶子未长时就盛开。满树的花儿尽情绽放，没有绿叶映衬，更显花儿繁盛。楼前的石榴树是在叶子长得最翠绿的时候，花儿开始露芽，由小花苞到造型别致的花朵，点点红，闪耀在绿叶中，颜色更艳，花朵是喇叭形的，很好看。石榴裙的说辞中，为什么以石榴作比？一定是因为女人的裙摆如石榴花瓣般美丽吧！

雅荷春天小区门口樱花盛开的时候，整个长安城都是樱花了，绚烂夺目，香气四溢。凤城五路的街边公园春色烂漫的时候，雅荷春天的春花绽放的时候，整个长安城已是繁花似锦。孟郊当年能"春风得意马蹄疾，一日看尽长安花"，我是看不尽长安花的。

城南的大唐芙蓉园，城北的大明宫国家遗址公园，城西的汉城湖公园，城东的西安世博园，尽显长安风范，大气、绚丽、辉煌，让你走不动，看不完。

春天的阳光温暖又明亮,在"树头新绿未成阴"时,"唯有花儿最娇艳",去户外赏花,会遇见一个不一样的长安。

一季一故事,在长安遇见春天,有着不一样的心情故事,花儿次第开放,春天慢慢走过,人生的脚步也可以慢下来,从容一些,再从容一些,用酝酿一冬的期盼、久违的喜悦,感受一城春意,遇见新一年的美好。

一个长安半城诗

那日，读到余秀华的诗："我们何以爱这荒唐人世，爱这虚无之境……我在黄昏里散步，路边的玉兰树都举满了酒杯……仿佛我不曾被这人间嫌弃。"突然心有戚戚。此时，西安的春天，路边的玉兰花正开，花朵果然如酒杯挺立，且香气扑鼻，让人不由得爱这人间繁华。

我们终究都是俗人，很多时候被尘世的纷纷扰扰牵着走，但读诗，会暂时远离烦恼，享受一种内心的平静美好。

诗歌是语言的精华，是诗人情感的自然流泻，懂者自懂，无须诠释。

关于春天的诗很多，古人比今人驾驭文字的能力强，情感细腻、浪漫，写有各种关于春天的诗。

儿时的春天，总是姗姗来迟，下点小雨，才能看到绿意，"天街小雨润如酥，草色遥看近却无"，如此的意境，也许只有唐朝这个充满诗意的时代才会有吧！

"篱落疏疏一径深，树头新绿未成阴。儿童急走追黄蝶，飞入菜花无处寻。"这是属于孩子的春天，脱掉沉重的棉袄，循着春天的色彩，寻找孩子的乐趣。

"柳渡风轻花浪绿，麦田烟暖锦鸡飞。""薄薄春云笼皓月，杏花满地堆香雪。"这样的意境，现代人很难看到。

我从小生活在西北农村，春天，麦苗返青拔节，是看得见的生机勃勃；"绿树村边合"，有人家的地方就有树；春天杏花盛开，能感受到"暖暖远人村，依依墟里烟。狗吠深巷中，鸡鸣桑树颠"的宁静与祥和。

"乡村四月闲人少""村庄儿女各当家"，劳作了一天的大人收工了，"牧人驱犊返"，孩子放学了，这个时候的村庄热闹起来了。

如今，这些都成了遥远的记忆，不知从何时起，我没有了春天的感受。

大概是从离家外出上学开始吧！辛苦求学，忙碌谋生，焦虑地带孩子，我的生活感受不到春花秋月的四季变换，所有读过的诗都停留在书本里，心是干枯的，全然没有了诗意。

多年前，生活在豫北小城，我家楼下就是一个小花园，站在楼上俯瞰小花园，一览无余。当时领导有远见，在20世纪90年代就能将院子里的一片泥淖空地，打造成了精致的花园，有假山池沼，简易的亭台轩榭，大理石铺就的小广场，绿茵茵的草坪，留有专人管理，里面栽着樱桃树，春天的时候也是一树繁花，但我好像从未注意。再美的风景，没有发现美的眼睛，一切都是徒劳。

安家西安，在凤城五路上班，离家属于不远不近的距离。春暖花开的时候，我选择步行。上班路上沿途的风景，公司所在的雅荷春天小区里次第开放的花儿，深深地打动了我，又一次感受到了大自然的春天如此美好。"迟日江山丽，春风花草香"，西安的春天和诗跟我的心有了连接。

古长安的诗人众多，留下了不朽的诗作。杜牧远望长安："长安回望绣成堆，山顶千门次第开。"王翰边塞思长安："夜听胡笳折杨柳，教人意气忆长安。"孟郊登科游长安："春风得意马蹄疾，一日看尽长安花。"李白登凤凰台念长安："总为浮云能蔽日，长安不见使人愁。"盛唐时的长安给华夏留下了举世瞩目的荣耀，也留下了脍炙人口的诗词篇章。大唐不夜城、大唐芙蓉园、大雁塔、小雁塔、大明宫遗址公园、曲江池遗址公园……大唐繁华依旧，诗词璀璨流传。

如今的西安，是一个包容性很强的现代化大都市，在此落户的外乡人成了新西安人，他们热爱着西安。

西安依托其丰富的历史文化资源，因地制宜，近几年建了很多公园，可谓星罗棋布，在园林师傅的精心呵护下，成为西安的新地标。除了曲江青年公园、长安中央公园、樊川公园、长安公园、灞桥生态湿地公园、奥体中心中央公园、西安世博园、汉城湖公园等大型公园外，小区门口的小公园、路边的运动广场更是比比皆是。春天，可谓满城花开，一路芳香。

一个长安半城诗。春天，在西安读诗，远方近在眼前，诗意全在心里。生活不止眼前的苟且，还有诗和远方，在西安，都有。

秦腔 童年的精神家园

落户西安,晚上出去散步,远远地听见了唱秦腔的声音,那么熟悉、那么亲切,是枣园的自建乐班在唱秦腔。他们唱得有板有眼,伴奏、音响俱全,观众也不少,在场的观众以中老年人为主,但这声音、这场景却唤起了我久违的童年记忆——在河南生活了15年的我,已经很久没有听到过秦腔了。因为河南是豫剧的天下,在那里生活久了,我也能哼一句"刘大哥讲话理太偏,谁说女子享清闲",但始终谈不上热爱,河南电视台的《梨园春》节目办得非常红火,每一届都有出类拔萃的小戏迷被身边的人喜爱,我却还是喜欢不起来……

一方水土养一方人,一方水土也孕育一种地方戏剧。大西北的广袤,黄土地的厚重,孕育出了秦腔这种粗犷、苍凉的戏剧形式。

我生长在陇东高原,小时候每年春天的交流会、过年的庙会,唱大戏是最重要的娱乐方式。大戏就是秦腔,偶尔好像有碗碗腔和眉户。那时，幼小的我总是软磨硬泡着要跟着大人们去看大戏，但看了一晚上一句唱词也没有听懂，充其量就像鲁迅的《社戏》中描绘的那样，只是看着台上的热闹，特别是丑角出现的时候，抬起沉重的眼皮，提着兴致看一会儿，其他时候都迷迷糊糊。但唱秦腔时锣鼓喧天的热闹、板胡响起的激昂却永远吸引着我……

20世纪80年代，在我们家乡陇东地区，应该是秦腔最繁盛的时候，看戏是要买票的，一张票白天5分钱，晚上1角钱，遇到新剧本观众得排队买票，物资交流会结束的时候还会加演，提前预告，进行一定的"炒作"宣传，那种看戏的热情可谓盛况空前。县剧团的主角，大人们都是如数家珍，他们最期盼的就是西安来的演员，说起西安易俗社的秦腔演员，大人的崇拜之情溢于言表，不亚于现在一些明星的狂热"粉丝"。我想我送给父母最好的礼物也许就是带他们去易俗社看一场秦腔，只是至今未果。

大概在我10岁那年的交流会时，学校放假，我路过戏院门口，看见长长的队伍，人们手里拿着票，在排队进入戏院，我非常羡慕，很想进戏院看戏。这时我碰见了爷爷，我就嚷嚷着让爷爷带我去买票看戏，也许爷爷舍不得那5分钱的戏票钱，也许爷爷还有事情要忙，总之，爷爷说他不能带我进去，但是他可以帮我找个熟人带我进去，因为小孩子自己进去要买票，但是一个大人可以免费带一个小孩儿。我看见爷爷在卖票的地方张望了一会儿就过来对我说,他找到熟人了,让我跟在一个离我不远的老爷爷身后进去就行。他还再三叮咛我:"你一定要拉着他的衣服后襟啊。"当时,我心里想:既然是爷爷的熟人,怎么没有见他们打招呼啊?可是想看戏的渴望让我来不及多想,就忐忑不安地拉着那位老爷爷的衣服慢慢挪,那个老爷爷回头看看我也没有说话。就这样,我混进了戏院,里面黑压压的都是人,只听见震天的锣鼓响,根本看不见舞台。举目望去,都是陌生人,我突然就觉得索然无味,出来回家了。

如今我已过不惑之年,爷爷去世也已经30年了,但那次看戏的情景却历历在目。我后来才明白:爷爷根本就不认识带我进戏院的人,他只是不想让我失望,就想了一个办法,让我大着胆子溜进戏院。爷爷还真是个聪明的老头儿!

当时戏迷热情,戏剧市场也很繁荣,我想大概那时候秦腔演员的收入也不错吧,我们的街道就办了个戏校,邻居家的姐姐就此辍学去学唱秦腔了。七八岁的弟弟嗓门响亮,他经常拿根棍子在我们的地坑院子里吼秦腔,还有板有眼地学唱了一段《铡美案》中包公的唱段,在学校被老师请上台清唱,后来县剧团的人竟然看中他了,让他去县剧团唱秦腔。弟弟当然高兴地要去了,要不是父亲的阻拦,家里就会少一名大学生,多一名秦腔演员了。

我总认为在所有戏曲中，秦腔是最好听的。虽然我不会唱，也不大懂，但是我能感受到秦腔的灵魂：秦腔的悲怆会让人潸然泪下，秦腔的热烈会让人喜不自禁，秦腔的高亢会让人荡气回肠。

有一年，谭维维将华阴老腔搬上《中国之星》的舞台，让全国观众为之疯狂。可是我觉得那开场的一声吼，又何尝不是秦腔里面黑脸老生的唱法呢！

我希望陕西卫视的《秦之声》能够办得像河南卫视的《梨园春》一样红火，这样会让更多的青少年了解秦腔，爱上秦腔。因为我的90后儿子不知秦腔为何物，他是听着迈克尔·杰克逊和周杰伦的歌长大的，已经成年的他对传统戏曲不感兴趣。秦腔是我童年的精神乐园，我骨子里喜欢秦腔，可是秦腔唱段流传广的好像一直是《三滴血》《屠夫状元》《铡美案》《三娘教子》等传统曲目，具有时代感的剧本很少，能让年轻人接受的更少。话说有了"抖音""快手"这样的短视频平台，还有谁能耐心地看完一个完整的舞台戏剧呢！

那个曾经吸引我的枣园秦腔班子已经被广场舞挤走了，因为听众越来越少……我也加入广场舞大妈的行列了。不过，我偶尔还怀念秦腔，怀念童年看秦腔的那段时光。

偶像贾平凹

30多年前，我在陇东的小镇荔堡中学上初中，学校虽然简陋偏僻，却有着浓厚的读书氛围。学校没有升学压力，学生没有学业负担，看课外书是最大的乐趣。

学校的几个语文老师都爱写文章，然后在当地的杂志《崆峒》上发表。我的班主任王天恩老师，是当时学校有名的文艺青年，不但经常发表文章，还去省里参加了作家交流会，回来后在课堂上大谈贾平凹，还特意交代同学们，"凹"读"洼"的音，也是"洼"的意。王老师讲到贾平凹每年要写多少万字的作品时那种激动崇拜的神情，现在还印在我的脑海里。彼时，我正沉浸在无边无际的小说海洋中，对王老师也是崇拜有加，他的话烙在了我的脑海中。从此，我记住了"贾平凹"这个名字，对他自然有好感，只是没机会读到他的作品。

贾平凹的《废都》最火的时候，我已经工作了，冲着名气买了此书，却大失所望。以我的理解能力，没能读懂他文字背后那么多的寓意，觉得那纯粹就是一本"小黄书"。

我暂且搁置他的作品，但他的名气倒是越来越大了。后来，我定居西安，在一家文化公司做了图书编辑，有同事和我聊起贾平凹，她说随朋友去过一趟贾平凹工作室，贾平凹老师很随和，和同去的每个人都合影，还给每人送了一本签名的新书《古炉》。年轻又在城市长大的她根本读不进去，送给我，让我慢慢读。

《古炉》吸引了我，我对贾平凹肃然起敬，也和我的老师一样开始崇拜他了。

小说中的古炉村是20世纪60年代中国乡村的缩影，虽然贫穷、沉闷、无聊，却一样有故事。我印象最深刻的人物是蚕婆和她的孙子狗尿苔。蚕婆如我的奶奶，善良、隐忍，任何时候都能坚定地活下去。小说中描写的西北地方风俗，一如我的童年经历。如人生病了，要"送病"，即让一把筷子站在水里，说着"立住，立住"，如果筷子站住了，病就会好等。这些风俗我的老家都有。

于是，我回过头去重拾贾平凹的作品，又读了他的小说《秦腔》，读完此书，我觉得可以借用艾青诗中的句子"为什么我的眼里常含泪水？因为我对这土地爱得深沉"，来表达贾平凹对家乡的情感。《秦腔》成了他作品中评价最高的一部，也是我最喜欢的贾平凹作品。

从此，我跟我的老师一样，视贾平凹为偶像，崇拜他。读他的作品就是最好的崇拜方式。我又读了贾平凹的散文，有写他父亲的、写他母亲的、写朋友的、写初恋的，都是那么朴实真诚，却不乏深邃的哲理。

在西安城里，有人觉得贾平凹的文章和他的人一样"土"。确实如此，文如其人。他农村的成长经历，他固有的那种农村人的思想和生活，也许在西安城里的文人圈子里，就是"土"。

说贾平凹不好，无非就是贾平凹让他们失望了。他们也许没有读过贾平凹的作品，即使读了也没有产生共鸣，只知道贾平凹是名人，是大作家，在他们眼里，贾平凹就该像侠士、像圣人一样地光灿灿，相处之后，却发现贾平凹和自己身边的普通人没有两样，也有他们接受不了的缺点。但这些传闻从来不会动摇我对贾平凹的敬意，因为我喜欢的是贾平凹的作品。

贾平凹大多数作品都是聚焦西北农村的。后来，他的目光触及西安城里最底层的劳动者，这才有了小说《高兴》。高兴、五福是西安城里收破烂的，贾平凹满怀悲悯，关注到了社会最底层百姓的生存状况，这样的现实主义风格，在当下文坛是没有卖点的，他却坚持写了下去。

当商业文学都在写霸道总裁、写高富帅、写白富美的时候，当穿越小说或者是宫斗作品大行其道的时候，贾平凹固守着自己的一方精神圣土，关注着中国最普通的群体——农民，以文字最本质的力量呼唤着人们的良知,这才是我最敬重他的原因。

贾平凹在《废都》之后沉寂多年,后来他的作品喷薄而出,用他自己的话说,他认清了自己是从哪里来的,他要以深厚的西北文化作根,写出精品,这才有了后来的《带灯》《极花》,还有《山本》《秦岭》等。小说中的人物都是生活在西北这片黄土地上的、秦岭脚下的普通百姓,他的作品触及我的内心,和我有了共鸣,所以他成了我的偶像。

贾平凹还在努力地写,我也会继续认真地读。我对贾平凹情有独钟,如同他对养育自己的秦岭情有独钟一样。

2017年,孙见喜创作的《贾平凹传》的读者见面会,在西安曲江贾平凹文学馆举行,我希望能见到贾平凹先生。心诚则灵,我刚找到贾平凹文学馆,迎面就走来了贾平凹先生。他的身边没有簇拥者,我才有机会向他问好。他就像一个憨厚的邻家大叔,平和而又耐心。面对很快围上来的热心读者,他回应着大家的热情招呼,耐心地和大家合影,很随和。我觉得自己和偶像合影是荣幸的,这个偶像对我是一种激励,让我在繁华的西安城中没有迷失自己,让我坚持读书,坚持用文字记录自己的生活和感悟,让我充实,让我生命中的每一个日子不会那么轻飘飘地流过。

怀 念 路 遥

　　1991年，我刚上大学那会儿，路遥的小说《平凡的世界》正在流行，成了教科书级别的小说——身边的同学几乎人人都读过。

　　那时的高考是千军万马过独木桥，我和同学们虽说过了这个独木桥，但相比考到大城市的同学，又不甘心。

　　学校属于小地方的普通专科，学生大都是农民出身，来自本省，出身相同，境遇相似。《平凡的世界》中年轻人的生活经历和大家的现实如此接近，书中少安、少平不安于现状的心理可谓与每个人心灵相通，引起了大家的共鸣。

　　班上的同学读相同的书，有共同的话题，气氛空前融洽，有人还用书中的人名给同学起绰号，叫绰号的人高兴，被叫的人也不恼，反而笑纳了。

　　学校图书馆就那么几套书，同学们排队借阅，一个人借来，在规定的期限内读的人越多越有意义。清贫的家庭条件，没有人舍得去书店买书。那时候，很多女同学在上学期间都不会伸手向家里要钱，靠每月四十几块钱的奖学金生活，也能勉强维持。"书非借不能读也"，借书读反而让同学们的读书效率更高，积极性也高。没有电子游戏的年代，读小说这种消遣方式，现在看来是多么高雅。

若干年过去，《平凡的世界》中的很多情节我都历历在目。今年，又在"喜马拉雅"上听了一遍，主播的深情演绎再次打动了我。几年前，根据小说改编的电视剧也打动了儿子。他没有类似的生活体验，但依然被剧中的人物所感染，这就是经典文学的价值和意义，能超越时空。

《平凡的世界》为什么能打动并影响那么多人？首先，小说中的故事来源于真实的生活。我曾经和一个学医的年轻人聊起，他只承认《平凡的世界》是好书，认为其他什么魔幻现实主义等等的文学作品"都是扯淡"。他的话虽然有些偏激，但是也代表了大多数普通人对文学的看法。

《平凡的世界》作为现实主义文学的优秀代表，展示了一个时代巨变中青年农民的奋斗历程，作者满怀深情的表达方式，让我对孙少平一家、对脚下的黄土地寄予了无尽的牵挂和厚爱。小说很励志，它告诉读者：平凡人的世界更需要奋斗。

一个人无法选择自己的出身，但可以选择自己的人生。人，生而平等，是指生命本身的平等——人都要经历生老病死，而不是生活的平等。有人出生就含着金钥匙，有人出生就被遗弃。和平年代，大多数人过着精打细算的普通生活，要跨越一个阶层，追求自己羡慕的生活，只能靠自身的努力奋斗。

《平凡的世界》里少平、少安一家的日子过得紧巴，那是一个时代大多数农民的缩影，大家都穷。但孙少平一家，再穷，有一口好吃的都要留给奶奶；再忙，也要照顾好瘫痪在床的奶奶。他们的家庭尊老爱幼，团结和睦；姐弟四人，相互帮衬，这是农耕时代农民家庭兴旺的法宝。姐夫再不争气，孙少安还是要帮姐姐种地、抚养他们的孩子；孙少安再累，也要供弟弟读完高中，让妹妹考大学，这是一个长子的担当和责任，这也是当今社会的稀缺品质。

孙少安，没有任何背景，没有社会资源，但是他肯吃苦，踏实勤劳，争取每一次过好日子的机会，办砖瓦厂起起落落，但从不放弃。他没有向命运低头，只为了过上自己想要的生活，堪比当今的励志企业家。面对润叶的爱意，孙少安又难过，又感激，但他洒脱地转身，绝不纠缠。男大当婚，他娶了秀莲，就善待秀莲，一心一意和秀莲过日子，尽显好儿郎的本色。

孙少平，是读书人的榜样。高中毕业，没有当成社请教师，他没有一味地怨天尤人，而是决定离开村子，外出闯荡，追求自己想要的生活，并很快就付诸行动，具有男子汉的不屈精神。虽然外面的世界没有那么精彩，还非常辛苦，但他从不后悔。

正因为走出了大山，来到了城里，他才有机会和田晓霞再次相遇，他才能去煤矿工作，回报哥哥少安，帮助妹妹兰香。最后，他痛失所爱田晓霞，工伤事故又在他的脸上留下疤痕，他娶了工友的遗孀。有人为此遗憾，我倒觉得这是普通人最好的选择。

孙少平还是个文学青年。他既是浪漫的理想主义者，又能吃苦耐劳，具有农民的本色，值得当下青年学习。中国传统观念中，读书是为了做官，做不了官的，就一辈子是穷秀才，肩不能扛，手无缚鸡之力。但孙少平显然不是这样，他没有觉得自己上了高中就高人一等，就混日子。他找最苦的差事，出最大的力气。他是作者偏爱的人，也是我最喜欢的，是《人生》中高加林故事的续集。当下青年中有多少"啃老族"，从学校走向社会，种种不适应，就是缺少孙少平这样一股读书人的精气神。

孙少安和孙少平的故事告诉我们，普通人家的孩子更需要努力和拼搏，相比村里的支书田福堂家的儿子和卡车司机的儿子金波，孙家弟兄俩的境遇就差多了。但是他们坚强、不服输，最后都过上了自己想要的生活。这样的生活即使不圆满，但也无愧于青春，无愧于那个时代。

路遥笔下的几个主要女性，都有悲剧色彩：孙少安的妻子秀莲吃苦耐劳，是勤劳朴实的农村妇女，竭尽全力地帮助丈夫，爱护孩子，在砖瓦厂再次红火起来时，得了肺癌；孙少平的女朋友，省委书记的千金田晓霞最终以身殉职。这也许是作者要营造出来的悲剧艺术力量，也许是路遥消极悲观的性格写照，或许他觉得人生本就不该圆满吧。

田润叶的悲剧是她自身的性格决定的——既没有坚守爱情的勇气和能力，和青梅竹马的孙少安没有结果；走进婚姻却负了爱她的丈夫，所以才走到这样的地步。郝红梅，是作者既爱又同情的人，红颜薄命，每一步都是她自身选择的结果：抛弃和她一样穷的农家子弟孙少平，高攀城里的同学顾养明，结果虚荣心作怪，犯傻偷手绢，落得竹篮打水一场空的下场；草草结婚，婚后失去丈夫，成了寡妇，过了一段艰辛的生活，不过结局还是好的。

路遥倾注毕生心血完成了《平凡的世界》这部巨著，生前并没有享受到这部作品带给自己的名利。但优秀作品带给读者的力量并没有随着作者的逝去而磨灭，越久远越显得珍贵。重读《平凡的世界》，让我怀念路遥。

路遥的作品充满了浪漫的理想主义，无论是高加林还是孙少平，都代表了他的灵魂。路遥也很善良、踏实、勤奋，书中那个好后生孙少安，就是他极力赞美的人物。路遥还具有中国传统文人积极出仕、为民谋幸福的情怀，省委书记田福军，难道不是路遥心中的好领导吗？

路遥短暂的生命，如流星般绚烂，照亮了文学的天空，留给世界宝贵的精神财富，永不湮没。

秦岭故事 扯袍峪里的一只猫

周末，和朋友相约外出游玩，秦岭当然是首选了。

秦岭是中国的"龙脉"，是中国地理的南北分界线。秦岭更是西安人的后花园，是夏天的避暑胜地。

朋友选择了去小众的扯袍峪，不在秦岭七十二名峪之列，一听这名字，我想肯定有典故。

扯袍峪果然有很多典故，我选择了相信汉世祖刘秀的故事。据说当年刘秀起兵后，一次兵败，为躲避王莽政权追杀，慌乱间跑进终南山，山陡林深，根本无路可走，刘秀在此被树枝扯烂战袍，最终得以脱身，捡回一条命，才有了扯袍峪的名字。

新农村建设，让沿途村落焕然一新，田野里是新翻的土地，也有成片的青纱帐——玉米，还有大块的葡萄园，在明亮的阳光下，一派祥和，让人不由得放松下来。

车到了半山坡，就没有路了。我们一行三人开始爬山，目标是海拔1600米的人头山，据说山顶有一巨石酷似人头。我环顾四周，林壑幽美，蔚然而深秀，隔树林，闻水声，如鸣珮环，让人心下乐之，有柳宗元笔下《小石潭记》的意境。

秦岭雨量充沛，光照充足，草木丰盛而葳蕤。一条仅容一人通过的石径时隐时现，有时横柯上蔽，有时疏条交映。越走越没了人声，我们也越走越累。秦岭以它的巍峨、静默和神秘彻底征服了我们，让原本说笑的三个女人，静了下来。

走走歇歇，山上看不到一户人家，路过玄门，路过金光寺，都有修行者，秦岭里有多少寺庙就一定有多少修行者和隐居者，有多少修行者和隐居者就有多少红尘故事。这是离繁华的西安城最近的妙境：出则市井俗世，入则深林僻谷。修行是生命的另一种体验，也是给自己的人生按下暂停键。恋恋红尘牵牵绊绊，当断即断需要勇气和毅力，心中的繁华未曾落幕，就在秦岭的怀抱中疗伤，再整装出发。

到了一座石塔前，疲累至极，塔前歇息，看石塔碑文有"法因法师舍利塔"字样，一篇碑文记载了法因大师的来去出处："（法因法师）于公历一九九二年六月三日下午七时安详坐化，享年八十二岁，戒腊五十四夏……瞻仰恭敬礼拜者当福寿延长智慧增长。"我真诚膜拜，不求福寿延长智慧增长，只为景仰大师一生向佛的精神。

塔旁一寺，有些破败，远看如农家院落，大门紧闭，但没有落锁，门楣上写着"法因寺"，因法因大师而命名。我们听见了院内的脚步声,遂敲了敲门,门开了,是一名40岁左右的居士,她很健谈,边聊佛教里的一些话题,边煮茶招待我们。院子里一只半大不小的猫惬意地伸长四肢在一旁酣睡,无视一众人等。

这时,门外又响起了一声猫叫,接着闪进一只威猛的大猫,花色样子和小猫很像,我们以为是母子,谁知小猫一个激灵,赶紧缩到了屋檐下的角落里,不停地喵喵叫。大猫支棱着耳朵,翘着尾巴盯着院子,保持着高度警觉。女居士就给我们讲这只大猫如何定期来这里巡视,让我们看大猫那威风凛凛的眼神。大猫也许听懂了大家对它的议论,也许不屑与众人为伍,在院子里走了一圈后,转身出去,昂首蹲在寺门外,活像一尊门神。

朋友郑说她喜欢这只大猫的霸气,说只要大家不惊吓它,就能让威风的大猫温顺下来。她慢慢地走过去,耐心地边走边叫着"咪咪",大猫慢慢地放松了警惕,走到了她脚边,郑用手抚摸着大猫的脖子,那只猫就卧在了郑的面前,尾巴也放下了,还闭上了眼睛。郑把她带来的火腿给大猫喂了一点,给小猫喂了一点,两只猫都不叫了。小猫没有了惧怕,大猫没有了凶悍,寺院安静而有生机。大猫好像是郑驯养很久的家猫,在郑的面前打滚、撒欢。女居士说,这是一只生活在山上的野猫。

聊天、喝茶、逗猫,歇息很久,太阳已经西斜,我们都没有了登临石头山顶的意愿,就和女居士告别,郑和那只猫告别,下山。

谁知我们一走出寺院,那只大猫就"喵喵"地叫着冲了出来,我们走在小径上,它穿行在旁边的草丛里。郑叫一声"咪咪",猫叫一声"喵喵"。它跑快了就在前方等我们,听不见它的叫声了,我们就停下脚步,郑叫它一声,它又出现了。快到停车场了,猫"喵喵"地叫着,不走了,蹲在那里看着我们。车开出好远,我们似乎还能听到那只猫"喵喵"的叫声。我们都有些不舍。

我就想:生活在秦岭里的这只猫是有了秦岭的灵性吗?猫这么依依不舍地送别,是在报答郑对它的知遇之恩,郑给了猫信任和温柔,还有食物,猫就一路随行。猫好像在对郑说:"你对我的好我都知道。"这,竟然比有些人都强。

这只猫是秦岭带给我的最直观感受,使我如此近距离地认识了秦岭。秦岭就是这么有灵性,你对它的好,它都知道;秦岭就是这么神奇,它护佑着这里的每个生命。我们唯有爱护秦岭,珍惜这里的一草一木、一物一水,方能对得起它。

每个进山的人都不要把垃圾留下,不要把珍贵的生灵带出去,不要污染秦岭的纯洁和干净,不要破坏秦岭的宁静和碧绿。

秦岭的好,我们都在享受。它调节气候,它包容万物,它惠泽众生,养育三秦儿女,滋养神州子民;它高大雄伟,绵长壮观,是中华民族的"龙脉",是我们美丽的家园。它又像这只猫一样有灵性,给我们温情,给世人庇护,从当年的刘秀到现在的隐居者,从达官贵人到平民百姓,秦岭一视同仁。

汉阳陵里的故事

汉阳陵博物馆外的银杏树，成了西安人在深秋的打卡地。在成千上万棵银杏树的叶子变得金灿灿的时节，在阳光明亮、天空碧蓝的日子，约三五好友到此赏秋，是很怡悦的。

和占地 100 亩的银杏林相比，汉阳陵博物馆更显壮观，占地达 20 万平方米。沉睡在此的汉景帝让这里的黄土更加厚重，让这里有了历史文化价值。此地是汉景帝刘启和王皇后的同茔异穴合葬陵墓，这所陵墓的庞大结构确实会让现代人惊掉下巴，这样的陵墓规模完全可以彰显古代帝王的那种强烈的占有欲，他们生前拥有的，身后一样也没有少，从吃穿用度到军队车马，所有的陪葬品一个都不缺。

历史上，皇后死后能享受和皇帝合葬待遇的并不多见，本身称帝的武则天和皇帝李治是帝王夫妻，合葬在乾陵，留下无字碑任人评说。而汉景帝的王皇后能享有这样的殊荣，完全源于她有一个伟大的儿子——汉武大帝刘彻。刘彻之所以能够彪炳史册，也离不开母亲王皇后前期的扶植与帮助。

　　王皇后不但人长得漂亮，还很有心机。她本名叫王娡，是陕西兴平一户贫寒人家的女儿，没有任何官宦背景，是地地道道的草根，早早地嫁给普通人家，还生了一个女儿。可是王娡的母亲偏偏不甘心漂亮女儿的人生就此止步，也许王母年轻时也是个美人，有过嫁与皇亲国戚的野心，也许她对自己的现状不满，不想让女儿步其后尘，她请算命先生给女儿算卦，看女儿有没有富贵命。算命先生是投其所好，还是真有神眼能预知未来，不得而知。总之，算命先生言之凿凿地告诉王母，王娡是大贵之人，将来会生下天子。

　　算命先生的预言正中王母下怀。既然有了天意，就要靠人为努力，王母逼女儿王娡离婚，想方设法把王娡送进了当时的太子刘启府里。结过婚的熟女又有姿色，很快就在太子府站稳脚跟，成了太子的宠妃，生了3个女儿后，王娡说梦见太阳投入自己的怀抱，众人听说后都认为这是一个吉兆，连当时的刘启都深信不疑。后来王娡果然生了一个儿子，刘启自然格外看重这个太阳入怀的儿子，这也让当时还是太子妃的王娡地位得到巩固。

　　太子刘启继位后，王娡开始加入宫斗，使尽手段，以达到自己的目的。刘彻小小年龄也特别配合母亲，说他喜欢表妹阿娇，长大了还要给阿娇修个金屋子，"金屋藏娇"这个成语就源于此。

这个表妹可是有背景的,她是当时皇帝刘启信赖的姐姐刘嫖的女儿,皇帝姐姐为了刘彻的这句"金屋藏娇",才助力王娡,废掉原来的皇后,打败了其他竞争对手,让王娡坐上皇后宝座,实现了自己梦寐以求的心愿。

接下来的剧情就是大家都知道的,皇帝刘启废掉了原来的太子,刘彻自然成为新太子的不二人选。为了巩固新太子的地位,王后与刘嫖联姻,并培植王氏外戚,不断为自己的儿子登上皇位铺平道路,这才有了历史上英名赫赫的汉武帝。

身处皇宫的女人,应该都是有野心的,如果仅有漂亮的脸蛋,没有成熟的心智,大多数便早早出局了,能寂寂无名地安度一生已实属侥幸。她们要光鲜荣耀地活下去,是要有点心机的,此心机是阴谋和阳谋的综合运用,是"善假于物",是"天时地利人和"下的不达目的誓不罢休的追求,武则天是这样,王皇后也是!

有心机的女人其实是人群中的佼佼者,历史上皇宫里的女人如此,现实生活中的职场女强人也是如此。

有人的地方就有江湖,不管在哪里,能混得风生水起的,大多是有颜值、有心机的,否则即使你有硬核的专业能力,或许一样会被排挤。电视剧《外科风云》中的陆晨曦既有院长撑腰,又有过硬的专业能力,第一个回合还是被"心机男"杨主任排挤出局，她的锋芒毕露让她吃了亏，要不是留美博士庄恕爱上了他，替她挡了许多明枪暗箭，她哪能稳稳地留在如此好的医院。

话说普通人的生活毕竟不是皇宫，也不是电视剧，职场毕竟不是战场，哪需要那么多心机？何况"坐轿的永远没有抬轿的多"，有"轿子"抬着，就不用费什么心机。多元化的社会，能吃饱饭的地方还是有的，肯吃苦、舍得花力气的人一样有生存的空间，工作虽然辛苦一些，一样能让自己的小日子过得乐乐呵呵，因为心不累啊！

春天陕北行

关于旅行，一定要兴趣盎然，一定要精力充沛，否则不如宅在家里。其实，我更愿意相信这句话："心若没有栖息的地方，到哪里都是流浪。"

年轻的时候，也曾有一颗游走世界的心，所以才嫁给一个以四海为家的爱人。后来，每年假期，我都要带着孩子追随他的脚步，赶火车、转汽车地来回奔波，疲惫不堪的我渐渐不爱出门。逢年过节期间，我更愿意做做家务，花点心思做个饭，或者约上好友逛逛街、淘件衣服，或者坐在公园的长椅上晒晒太阳聊聊天，这成了我最理想的休闲方式。

清明3天假期，我随爱人去了陕北的革命圣地延安。高铁缩短了城市间的距离。西安已经是春意盎然，花红柳绿，陕北的山还有些萧条，但是漫山遍野的山桃花已经绽放，让人感受到了一抹春天的色彩。

读着贺敬之的《回延安》长大，凭着"几回回梦里回延安，双手搂定宝塔山"的热情，我到延安的第一站就去登宝塔山，这是延安的标志性建筑，是革命圣地的象征。

宝塔山人文历史悠久，早在盛唐时代，山上就建有宝塔。北宋时期，韩琦、范仲淹等一代名臣，在宝塔山屯兵设寨，戍边御敌，留下众多文物古迹。现在的宝塔为明代建筑，平面八角形，高9层。宝塔旁有一口明代铸造的铁钟，共产党在延安领导革命时，曾用它来报时和报警。山上还有长达260米的摩崖石刻群和碑林，石刻崖面整齐，崖石完整，是难得的石刻艺术珍品。

山上的摘星楼是周围最高的建筑，位于群山之巅，夜晚星辰满天时，好似伸手可摘，故取此名。据说当年范仲淹镇守边关时，在此修建过瞭望塔。1987年在旧址上重建，该塔成为周围最高的建筑物，也算对得起"摘星楼"这个名字了。

宝塔山上遍布常绿林木，山花掩映其中，有春天的盎然生机。俯瞰延安城区，高楼林立，延河穿城而过，宝塔山还是那座山，延河水早已断流，只剩下干涸的河床。

下午参观了八路军总司令部王家坪旧址，是山脚下一个静谧的地方。在共产党的历史上，这是一个举足轻重的地方，毛泽东、朱德、周恩来等领导人曾率领八路军部队在此休养生息，共谋国家未来。院子里一个个独立的小土屋，显得低矮而简陋，却在无声地诉说着曾经艰苦卓绝的战斗岁月。

一墙之隔的延安革命纪念馆前，毛泽东主席的伟岸铜像屹立于此，我们瞻仰伟人，纪念中国共产党艰苦卓绝的历史征程。

　　纪念馆内有6个展厅，展示了大量珍贵的革命文物，再现了毛泽东、刘少奇、周恩来、朱德等领导人在延安时的光辉业绩。

　　延安是中国革命圣地。毛泽东等老一辈无产阶级革命家在延安和陕北生活战斗了13个春秋，领导中国人民取得了抗日战争和解放战争的伟大胜利，形成了伟大的毛泽东思想，培育了光照千秋的延安精神。

　　第二天，我们在前往黄河壶口瀑布的途中，参观了南泥湾军民大生产纪念馆。一路山水相随，大山中间那片肥沃的土地养育了当年的八路军，让人不能不佩服毛主席独到的军事谋略。陕北的崇山峻岭真是一个易守难攻的好地方，肥沃的土地足以养活当时突然到来的人民军队，这才有了最后的革命胜利。

　　黄河壶口瀑布没有传说中的气势磅礴，但也不失浩荡，倒是那穿着花棉袄、头戴红围巾，骑着毛驴照相的场面吸引了我，参与者个个都是开怀大笑，也许这胜过了看自然风景的乐趣，旅行的愉快原本就是个人的感受，开心就好！

　　当天下午，我们又赶往延安的黄陵县，准备观看黄帝陵清明公祭仪式，没想到公祭仪式非常隆重，大清早黄陵县城已经戒严，我们起晚了，已经不能进入景区。虽然很是遗憾，也只好打道回府。

路过泾阳顺便去传说中的茯苓小镇看看,堪比江南小镇的茯苓小镇走的是袁家村的商业模式,宣传到位,大量的游客拥入,实在有些拥挤,没有什么新意。

附近就是郁金香花展,这个宣传从春节就开始了,广告都打到凤凰卫视了,我也顺便去凑个热闹。花展的面积真不小,加上停车场,我觉得偌大的泾阳县都要被占完了。广袤的八百里秦川,都是良田沃土,现在全用来搞形形色色的旅游景区,我是黄土地里长大的农民,对土地情有独钟,总有些惋惜。

今年,我国很多地方的蔬菜价格连连攀涨,窥一斑而知全豹,看看身边的农田在以怎样的速度减少,就能想到粮食、蔬菜价格暴涨的必然性。土地永远是我们赖以生存的根本。

泾阳的郁金香花展,主办方倒是费了不少心思,可是毕竟栽花种草这样的事情不是一年半载就能见效的,所以整个花展还是显得匆忙和苍白。

第一次的陕北行,匆匆忙忙,也收获了不一样的体验和乐趣,"读万卷书,不如行万里路",特别是延安的红色精神,还是比书上看到的体会更深!

一路向西

孟郊有"春风得意马蹄疾，一日看尽长安花"之诗，我曾经有一天逛完杨贵妃墓、永泰公主墓、章怀太子墓和乾陵的经历。

大清早，从西安出发，一路向西。上午9时许，我们就赶到了兴平的马嵬驿。这里有历史上记载的杨贵妃墓，借此古迹，当地百姓开发了陕西风味小吃一条街，成了名副其实的旅游景点。

年轻时有雄才大略的唐玄宗，老年专宠杨贵妃，荒废朝政，宰相杨国忠投其所好，奸佞小人混迹官场，忠诚良善被贬流放，安禄山趁机反叛攻入潼关。当时，72岁的唐玄宗已经老态龙钟，他携杨贵妃、太子李亨以及皇亲国戚、心腹宦官，不得已离开了当时世界上最繁华的都城长安，逃往四川。行至马嵬驿时，禁军将领陈玄礼杀了杨国忠，要求唐玄宗立即处决杨贵妃。唐玄宗再不舍，为了自己活命，为了保住江山，还是赐杨贵妃帛带，让她自缢于梨树下。绝色美人，就这样在38岁的风韵年华，结束生命，长眠于马嵬驿的黄土下。

关于杨贵妃的死有各种版本，有人说杨贵妃逃到了日本，有人说杨贵妃死在了佛堂前。历史的尘埃掩埋了真相，美人早已香消玉殒，徒留后人猜评。

杨贵妃是个小女子，她只沉浸在自己的歌舞和爱情里，享受帝王家的宠爱，不关心朝政，最终落得如此下场。

同为唐朝帝王家的女人，政治家武则天，死后留下无字碑，任由后人评说。

傍晚时分，我们一行人赶到乾陵时，已经是日暮人稀，陵前的司马道显得很空旷，给夕阳下的乾陵增加了一层肃穆而神秘的气氛。乾陵是唐高宗李治与武则天的合葬墓，也是中国历史上唯一的一个两位皇帝的合葬墓。

乾陵最值得世人揣摩的就是陵前并立着的两块巨大石碑，西侧的一块叫述圣碑，东侧的是无字碑。述圣碑是武则天为丈夫唐高宗歌功颂德而立的碑，她亲自撰写了5000余字的碑文，黑漆碑面，金粉填字。东侧就是武则天的无字碑，她把自己的是非功过留给后人评说。

一个给丈夫歌功颂德，给自己不着一字的女人，是非常坦然睿智的，任由"千秋功罪后人评"，有帝王之度。

武则天是中国历史上唯一的女皇帝。她从一个小小的才人一步步走上权力的顶峰，有政治手腕和才干，在她统治时期推行了许多符合百姓利益的国策，稳固和发展了贞观之治，并对后来的开元之治起到了承前启后的作用。

但武则天滥杀李唐皇室子孙，包括亲生女儿、儿子和孙女，还改唐为周，可以说是篡夺李家江山，也让世人诟病不少。

武则天和杨贵妃有相似之处，她们都是漂亮的女人，迷倒两代君王。但前者更多的是智慧和野心，后者则是姿容和才情，她们的结局自然也就大相径庭了。

杨玉环是能歌能舞的美女，精通音律，可以说是唐代著名的音乐家及舞蹈家，唐玄宗封她为贵妃，她就彻底放下了寿王李瑁，"一朝选在君王侧"，尽情享受"三千宠爱在一身"的娇宠，忘乎所以。

唐太宗李世民死后，武则天入感业寺削发为尼，原本是终身要以青灯为伴，是李治念及旧情，将她接入宫中。可是后宫不允许她岁月静好，从自保到野心勃勃，唐高宗李治去世后武则天称帝，已经67岁，最后又将帝位还给儿子，乐享人生至81岁。她看似完美的人生，应该还是有愧疚的，也终究是懂得李治对她的好的，在她的内心深处还是想做一个好妻子吧！否则她不会在李治去世后十几年，开棺让他们夫妻合葬一椁！

如果说武则天太霸气，总是敢冒天下之大不韪，那杨贵妃就太小女人了，只为爱而活，忘了她的丈夫李隆基还是一国之君。所以才有了武则天的帝王，杨玉环的悲剧。

乾陵周围陪葬墓十几座，我们一行人还顺道去了永泰公主墓、章怀太子墓。

武则天去世后，继位的李显从四川迁回了哥哥李贤的尸骨，葬于乾陵附近，这相当于给哥哥平反，也给自己的女儿永泰公主昭雪，修了永泰公主墓。

17岁的永泰公主因不满奶奶武则天的荒淫生活而被杖杀。章怀太子名贤，是唐高宗李治和武则天的次子，在高宗的子女中是有才的一个，被亲生母亲贬黜流放，病死异乡。"可怜红颜总薄命，最是无情帝王家。"在帝王家，岂止是红颜，太子也不能自保。

一路下来，感受到封建王朝的历史是男人在书写，但女人同样是主角，女人让历史更有色彩和温度，特别是盛唐历史。

陕西境内有80余座帝王陵，被称为"东方帝王谷"。这些帝王陵墓就是一座座历史博物馆，具有很高的历史研究价值。更何况成为景点的陵墓都是依山傍水，自然景色优美、人文历史深厚，是今人游览的好去处。

张载故里行

樊登读书创始人樊登在2021年为高考学子加油的演讲中，鼓励高考学子"生如蝼蚁，当有鸿鹄之志；命如纸薄，应有不屈之心"，满怀激情地引述了张载"为天地立心，为生民立命，为往圣继绝学，为万世开太平"的名言，告诫学子不要忘了读书人的使命。

"为天地立心，为生民立命，为往圣继绝学，为万世开太平"，是北宋大家张载的名言，当代哲学家冯友兰将其称作"横渠四句"，因其言简意宏，一直被人们传诵。

无独有偶，今年被"刷屏"的河南大学教授程民生在毕业典礼上也提到了张载的这四句名言，鼓励毕业生不要忘记读书人的使命。

1000多年过去了，张载的这四句话为什么被历朝历代的读书人铭记呢？这四句话到底是什么意思呢？

不同的时代有不同的理解，不同的人也有不同的见解。

概括来说，这四句话就是为社会构建价值观，赋予民众生命的意义，继承发扬先贤即将消失的学问，为万世开辟永久太平的基业。

古人认为天地本无心，但人有心，生而为人要有博爱济众的仁者之心，有物我两忘、与天地万物为一体的圣人之心。"为天地立心"是一种社会价值观。古代读书人的最高使命是出仕，"为生民立命"的意思是读书人做官后要为民众选择正确的命运方向，让民众享有生命权。儒家所说的圣人，其实是指历史上具有人格典范和精神领袖的孔子、孟子之类的思想家，"为往圣继绝学"，意指既要恢复儒家的学术传统，还要继承创新。"为万世开太平"意指要为万世太平开创基业。

换一种说法，"为天地立心"也可以理解为探索物质世界的规律；"为生民立命"，可以理解成为保障人民的权益尽心尽力；"为往圣继绝学"，是继承和弘扬中华民族一切优秀的传统文化；"为万世开太平"，是为构建人类最美好的理想社会而奋斗。

张载的这四句话体现了中国优秀知识分子自强不息的精神和爱国爱民的情怀，体现了古代读书人继承和弘扬中华民族优秀文化传统的志向和自信，体现了他们为实现人类理想而敢于担当的历史使命感，这是他们的社会责任和精神境界，也体现了儒家思想的高度社会责任感。

今夏，我有机会来到了位于陕西宝鸡的张载故里，参观了张载祠，感受宋代思想家张载留给后人的精神遗产。

张载祠又称张子祠，其前身为崇寿院，位于陕西省宝鸡市眉县城东26公里处的横渠镇，南靠太白山国家森林公园，北邻佛教圣地法门寺，东与道教圣地楼观台相连，西与西府名胜诸葛亮庙、钓鱼台、周公庙、金台观毗邻。

张载生活在北宋这个文人荟萃的时代，他亲受范仲淹指点，刻苦读书，38岁赴京赶考，欧阳修是其主考官，与苏轼苏辙同登进士。张载拒绝支持王安石变法，他的弟弟又因反对王安石变法而入狱，张载从此辞官。张载年少时曾在横渠读书，晚年就隐居横渠，一直在此兴馆设教、讲学著书。他去世后，人们为了纪念他，将崇寿院改名为横渠书院。

作为北宋时期著名的思想家、哲学家、教育家、关学领袖，张载"尊礼贵德"的人文价值、"横渠四句"的太平理念、"天人合一"的精神境界，是对中国古代思想文化的重大贡献，在现代社会仍然有积极的意义。

张载故里之行，让我了解了大儒张载不朽的哲学思想，感受到了先贤有担当的家国情怀。祖国优秀的传统文化，是如此的博大精深，需要一代又一代人去学习和继承。

张载故里，不虚此行。

治愈一切不开心

过完年,儿子去上学,老公去工地,剩下我一个人,就没有再做过饭,每天在单位吃饭,免去了买菜做饭洗碗的琐碎,看似日子过得逍遥,却总觉得少了点生活气。

清明假期,跟着同事逛丰登南路的菜市场,浓浓的生活气息扑面而来。春天的菜市场,也充满了春天的活力,每一棵青菜鲜嫩得如同刚从地里摘出来一样。

荠菜、蒜苗堆成翠绿的小山,芹菜、茼蒿带着露珠,水灵鲜嫩,动人的春意在菜市场肆意绽放。鲜美的荠菜让我想起家乡绿油油的麦田,是春天的田野独有的味道,还没有吃,就觉得春天的滋味溢满了心间。

新鲜饱满的豆子,躺在那里就感觉特别美味;嫩绿嫩绿的茼蒿看起来特别诱人,水灵脆嫩,真是一口一个春天啊!

西红柿红艳艳,黄瓜是带刺的墨绿,玉米金灿灿,槐花白花花,五颜六色,让我不由得买了一大袋。于是,约上朋友,中午回家做了几样小菜，慢慢吃、细细聊，突然觉得生活好不惬意。

这两年，新冠肺炎疫情反反复复的，似乎很多人的日子过得都有些艰难，逛逛菜市场会带给我们生活的活力和希望。西安年初也曾经有过管控一个多月的煎熬，我深有体会，所以逛菜市场的幸福，我倍加珍惜。

武侠作家古龙说过，一个人如果走投无路，心一窄想寻短见，就放他去菜市场。

美食大家汪曾祺也曾说过，看看生鸡活鸭、新鲜水灵的瓜菜、红红的辣椒，热热闹闹，挨挨挤挤，让人感到一种生之乐趣。

春日的菜市场，充满了最鲜美的味道，处处透露着一种生命的活力。

菜市场是人们每日生活的开端，也是高楼林立的城市中生活气息最浓的地方。这里有着最真实的烟火气，叫卖、还价的喧嚣，是生命的声音，是城市的灵魂与底蕴。

中国城市化进程的加快，改变了很多人的生活方式。互联网所带来的便利，让年轻人不愿再去"脏乱差"的菜市场；加上外卖的兴起，越来越多的年轻人不愿下厨做饭，当然不会去菜市场买菜了。

感受不到具体的生活，不知道一饭一粥的生活琐碎，人的心理承受能力越来越差，家庭观念就越来越淡薄，容易产生生活的矛盾。

菜市场，是一个城市古老生活的智慧发源地，从祖辈沿袭而来的生活文化隐含其中，透露着住在这片土地上的人的生活习俗。

这里没有风花雪月，没有咖啡、红茶，没有诗和远方，菜市场有的，只是脚踏实地的生活态度和柴米油盐的日常琐碎。

菜市场的每个摊位，是个体生意，也是普通老百姓的活法。摊主借此生存，用辛苦勤劳养活自己，给家人带来经济保障。他们笑脸迎人，不会诉苦，也很少有人抱怨。知足常乐和随遇而安，是他们的人生态度。

春天来了，在人潮涌动的菜市场里，打开感官去感受食物的原始气息，孩子、工作、车贷、房贷通通放到一边，去购买自己最基本的生存所需，那些夹杂着生食和熟食的混杂气味，让你觉得自己终于接了地气。

经历过生活磨难的人，才会明白，接地气的生活是最健康的。我们的烦恼太多，是因为欲望太多，多去菜市场看看，就会发现自己最基本的需求，不过是一饭一蔬，简单平凡，让人满足。

经历过生活苦乐的人，才知道一饭一蔬对自己和家人的意义，才能体会逛菜市场带来的乐趣和安慰。尤其是在远离故乡的城市里，一个菜市场带给我们的安慰，就和深夜还亮着灯的便利店一样。

在菜市场里，没有了大商场的服务员打量你的三六九等的眼神，没有店员对你紧紧跟随，你能在这里收获买卖双方交易的愉悦和自在。

主持人汪涵在节目中说："我们去菜市场挑选食材，其实就是偶遇与重逢。翻炒就是情感的升温，糖醋就是情感中的蜜意，做一碗面条，何尝不是柔情，家厨里的感觉，就是爱。"

如果你爱生活，不妨多逛逛菜市场，寻找更多生活乐趣；如果你有烦恼，也不妨去逛逛菜市场，"一进菜市场，定然恶念全消，重新萌发对生活的热爱之情"。

正如《舌尖上的中国》里所说，食物的温暖最能抵达人心柔软的地方，亲自去菜市场挑选自己或他人喜爱吃的菜，更是一种无声而诚挚的关爱。

逛逛春天的菜市场，收获爱与希望，治愈一切不开心。

疫情下的西安居家生活

一

从 2021 年的 12 月中旬,西安发现第一例新冠肺炎病例始,我和同事就开始配合小区进行核酸采样。从初期的三天一次,到隔天一次。采样现场有些混乱,但没有引起大家足够的重视。

12 月 21 日晚上出去散步,文景路广场上排队的人还挨挨挤挤,根本没有保持安全距离,有老人拿着凳子围坐等待,旁边的小孩子在踢球嬉闹,很多人都没有把这次的疫情当回事,核酸采样现场像聚会一样热闹。

附近小区,出入没有管控,没有人要求扫码。路边的饭店正常营业,里面有人在用餐,一派祥和,大家以为这次疫情和西安五一假期、十一假期的一样,病毒传播很快就能被控制住,一波疫情很快就过去了。

随着确诊病例的增加,22 日下午 5 点左右,西安的新闻报道说全市所有小区将于 23 日 0 点实行封闭式管理,晚 7 点我们就接到小区群里的通知，23日0点正式实施。

家里没有菜，我到附近的路边菜摊和蔬菜店里时，已经人满为患，即使小小的便利店也是长蛇一样的排队人群，大家虽然都戴着口罩，但是没有保持社交距离，看着有些担心。

23日早晨不上班，闹钟没响，却早早醒来，一看表还不到6点。人就是这样，长年累月的早起已经让生物钟固定，想睡懒觉也难。

小区物业群里通知等待核酸采样，下午医护人员进入小区。我们小区小，人少，排队距离间隔很大，超过一米。大家已经意识到疫情的严重性，即使小区没有确诊病例，但还是很小心谨慎。

小区派发了出入证，每户隔天可派一人出去采购，下午我在"京东"平台下单买了食品，晚上就送到了，生活似乎不受疫情影响。持续两年的疫情防控，隔三岔五有一波，不乱跑，待家里，就是不给政府防疫工作添乱，每个人都做好了这样的心理准备。

25日的西安下雪了，虽然只有薄薄的一层，但也引来了围观。如今，北方的城市，冬天下雪好像都成了奢望，大家念雪、盼雪的心情很急切。站在楼上望下去，树梢、草地上顶着一层羞答答的雪。朋友圈的雪景，也是"刷屏"了，毕竟西北地区都在下雪。

晚上9点，小区物业通知大家下楼做核酸采样。一天没有下楼，一出楼门，冷风往身体里钻，我打了一个哆嗦，想到了终日在抗疫第一线工作的医护人员、警察、社区基层工作者和志愿者，突然心生愧疚，觉得自己啥也不能做，只能暗暗祈祷疫情早日结束，回归正常。

我所在的小区做完核酸采样工作已经快午夜12点了，还有那些彻夜采样的工作人员、数据收集分析人员以及"流调"工作人员，等等，这个城市不知有多少人都在一夜无眠地连轴转，才让疫情得以控制，生活正常运转。致敬所有防疫一线的平凡工作者，他们是城市的守护者，是默默无闻的英雄！

25日、26日两天研究生考试，对防疫工作又是一大挑战。西安是全国拥有高校最多的城市之一，外地来西安考研的学子不少，封闭管理后考生的出行、隔离考生的考试、天气的寒冷等，对考试组织工作者都是极大的挑战，但组织者还是交出了令人满意的答卷，没有落下一个考生。西安电视台报道：西安经开一中，专门接收外地来西安的考生，免费住宿，考前还有大学辅导员组织管理。这样的用心，让考生觉得很暖心。

26日确诊人数激增，市政府又发出了更严的居家令，两天一次的核酸采样变成了一天一次，大家的排队距离超过2米，非常安静、有序。天阴沉沉的，风冷飕飕的。左邻右舍见面都不说话，情绪明显有些低落。

我想：与其在信息的包围中焦虑，不如放下手机，听听音乐，做点事情——大扫除。

眼看就到腊月，年底的大扫除，算是我从老妈那里继承的传统美德。在我的童年记忆中，老妈过年前一定要把每个窑洞刷扫一遍，家里的每一样物件都要过一遍手，擦洗一番。

前一阵因为工作，我入户老城区的独居老人家里，大多数老人的房子里堆满了杂物，好多经年不用的物品，毫无意义，却舍不得扔，都留着，连同书报纸箱、各种盒子，整个房子成了废品堆积场，只剩下仅容一人出入的过道。这样的杂物就是危险源，稍有火星必然发生火灾。

看来，人，要学会定期清理。清理自己的家，过简单的生活，释放必要的空间，保持家的整洁，就是保持精神的洁净。清理自己的心理垃圾，整理好心情，轻装上阵，会保持心情愉悦。

说到这里，我又要夸一夸西北农村人，日子再穷也要将家收拾得干干净净，这是我从小成长的环境带给我的好习惯。

于是，我决定，每天早晨吃过饭，和爱人开始打扫卫生，一个房间一天，擦玻璃、洗门、拖地，每一个物体都挪动一番，都清理一遍。忙活完，看到厨房明亮如新，整个家焕然一新，很有成就感。

进行这些具体琐碎的劳动，就是活在当下的心态。安心待在家里，做自己的事情，不信谣不传谣，就是为防疫做贡献。

29日，网上有人说家里断顿了。像我这个年龄的人大都经历过背冷馍上学、吃开水泡馍的生活，家里有米有面，凑合十天半个月吃饭是不成问题的。可是对于租房子住，平时不做饭、不备米面的年轻人，如果没有囤上速冻食品，又没有外卖，当然要饿肚子了。

很快，政府开始陆续发放免费蔬菜水果。我所在的小区在31日就收到了爱心人士捐赠的洋葱，每家一袋。

2022年的元旦如期而至。太阳红彤彤的，下楼做核酸采样时，大家的心情很放松。未央区政府发放的蔬菜也来了，一家一袋，有白菜、土豆、西葫芦、西红柿、黄瓜、大葱、胡萝卜、白萝卜等，非常新鲜。物业通知，周边的超市也可以送货了，如有需要可以自行购买。政府专门开通了市民热线，生病的、外地滞留西安的……所有生活问题都可以求助，我们实实在在地感受到了政府的执行力和关爱百姓的温暖。

任何灾难面前，我们的内心都应该是坚定而踏实的，因为强大的祖国、一心为民的政府就是普通百姓的有力后盾。

虽然确诊人数还在增加，但都在隔离区。我所在的小区，没有确诊病例，相对来说是安全的，核酸采样，隔天一次。

西安城区内的小区还在封闭式管控，但城里普通百姓的生活还是一如既往地安逸。寒冷的冬天，家里暖暖的，水、电、暖、气一切正常，这背后是默默无闻的普通劳动者在努力和付出。政府才是我们的强大靠山，社会主义制度的优越性、共产党一心为人民的执政理念，是百姓安逸生活的保障。

灾难面前，意外和不确定随时考验着每一个管理者，政府及时调整管理方式，让问题很快解决，事情必然会朝着好的方向发展。当然，在特殊时期，物资供应肯定受限，外卖停止，对于挑食又不会做饭的年轻人，以及不知道节俭为何物的人，疫情管控带给他们的收获也许更多。在舒服的日子里，吃点苦是给自己积攒的一点财富。

面对难关，抱怨和挑剔没有意义，感恩和知足才是惜福。此生无悔入华夏，长安陌上抗疫忙。感谢每一位辛勤的一线防疫工作者，他们是新时代的无名英雄！

二

西安这波疫情，跨年了。从 2021 年的 12 月 23 日到 2022 年的 1 月 14 日，确诊人数终于降到了个位，虽然还没有完全清零，但恢复正常生活，已经指日可待。

疫情结束，大家一定会长舒一口气。如果封闭式管理结束，可以自由活动，哪种娱乐活动最先开始？我想一定是广场舞。广场舞音乐，是西安城的声音。疫情期间，这个城市安静沉默得让人压抑，没有了大街上喧闹的人群，也没有了广场舞的音乐，让人不适。

我的记忆中，西安的夜晚，从不缺少音乐。

2010年，我落户西安，晚上的音乐声最大的是附近唱秦腔的。秦腔一声吼，一圈人就很快围坐好了，唱的人有模有样，听的人很陶醉。我的老爸老妈是最认真的听众。吃过饭，他们早早坐在附近等待。父母年轻的时候，也爱看秦腔戏，可是农活、家务都等着操持，养家糊口的重任压得他们没有时间和心思去看戏；况且早期的农村交流会看戏是要买票的，他们根本舍不得花这份钱。

安家西安，老爸老妈来小住，能看到免费的秦腔，当然很高兴了。老妈不识字，但她能听懂很多秦腔唱段：《三娘教子》《周仁回府》《三滴血》《铡美案》《拾玉镯》等，她的记性好，听得津津有味，回来还会讲给我听。

后来听说案板街的易俗社文化街区，能让人瞬间穿越到20世纪80年代。这里浓缩了20世纪80年代的西安城市印象，电车、学校、电影院、音像店、照相馆、理发店、小卖部、供销社等都是原景重现。我想我的父母一定喜欢。一直打算带父母看一场易俗社名角的秦腔演出，满足他们年轻时的愿望。可是多年来，一直没有兑现，他们来西安的时候剧场没有演出，有演出的时候他们来不了西安。

我家在文景路上，这里的枣园秦腔自乐班用的设备听说是企业赞助的，音响效果不错，伴奏的、主持的、唱老生的、唱旦角的，都有分工，唱腔或苍凉或热烈，或悲伤或欢喜，都是有板有眼。初听，我心有戚戚焉，毕竟我也是听着秦腔长大的。上学时期，有同学拿了秦腔剧本，我全借来看了，当时流行的秦腔戏，故事情节我都知道。

记得上初中时，语文老师还总结过，所有的秦腔戏不外乎两大类，一类是奸臣害忠臣，一类是相公招姑娘。确实是这样，戏曲的剧情简单，一种是男人的戏：国家大事，奸佞小人和忠臣良将的斗争，如《五台山》《赵氏孤儿》等；一种是爱情戏：小姐和书生的一见钟情，或爱而不得，或喜结良缘，如《白蛇传》《柜中缘》等。

只是不知从何时起，文景路上唱秦腔的退出了，是没有地盘了，还是没有听众了，抑或是秦腔票友们不想唱了，我不得而知。

我觉得是跳广场舞的挤走了唱秦腔的。广场舞发展得太快、太火爆了。晚上7点一过，西安的大街小巷都是响亮的音乐声，文景路边的步行道上，可以说是隔个百八十米就有自发组织的跳舞人群。

电子科技化时代，获取信息的门槛大幅度降低，音响、音乐、学舞扁平化，人人都能做到。家庭结构的单一，让很多人闲了下来。总要有事情去做。生命贵在运动，广场舞是最廉价、最实惠的健身方式。

广场舞比跑步有趣，比打麻将省钱。广场舞，无论是音乐还是舞蹈动作，一直有人在创新，这已经成了一个产业，吸引了已成群体的音乐舞蹈爱好者，他们在不断地创造、输出，从凤凰传奇、秋裤大叔、王琪等歌手到草原音乐、藏语歌曲的流行，都是广场舞带来的音乐效力。广场舞教学视频的流行，也捧红了很多广场舞领舞，不仅仅是大妈，还有小伙子，像王广成就上了央视舞台，进入了国家主流文化平台。

我是广场舞的受惠者，上班整日对着电脑，腰酸背痛，冬天受冷了感冒，夏天热了也感冒，跳了几年的广场舞，体质明显有所改善。关于跳舞，我原本是没有信心在大庭广众下出丑的，我乐感差，跟不上节奏，全身僵硬，动作不协调。广场舞刚兴起的时候，家属院里的热心邻居组织大家跳舞，小区物业给赞助了音响、U盘，我硬着头皮上场。

后来，我发现，这里没有观众，大家都在跳，只盯着前面的领舞，没有人注意到我。自己跳得好与不好，其实没有人关注，只是自己的一种自卑心理作祟。

我从刚开始的踩不上点儿、手忙脚乱，到熟能生巧，慢慢地能跟着溜下来，至少不再妨碍队伍中的其他人了。

一年下来，不感冒了，肩膀不疼了。习惯一旦养成，就自然会坚持。小区里的广场舞散伙了，我就去路边跳。对我而言，跳广场舞，就是一种晚饭后的散步，听听音乐，伸伸胳膊踢踢腿，累了就歇，不会了就停下来看看，不强迫自己。所以多年下来，我也没有跳出什么名堂，跳舞水平还是没提高，但这不妨碍我对广场舞的认可和喜爱。

跳广场舞锻炼了身体，颐养了性情，也拉近了我和邻居的感情，人总是因为有相同爱好才能建立一种联系。有人将广场舞定义为人人喊打的"过街老鼠"，那一定是对广场舞的偏见，也许是有些跳广场舞的人将时间、地点设置错了，确实扰民了。

在我的印象中，附近路边的广场舞，好像很少停歇，除了中考、高考期间，即使是中国人最重要的节日——过年，也歇不了几天，腊月二十八还在跳，正月初五就开始。这是一种什么精神？这是西安人的广场舞精神，这是热爱生活的态度。

疫情，让广场舞停了这么久。西安人民的生活回归正常后，路边的音乐一定会在第一时间响起来，广场舞一定会跳起来。

期待这一天的早日到来。

三

在家的这20多天，整日局促于斗室之间，看着新闻报道中的确诊人数，时而焦虑，时而欢喜，时而沮丧，时而满怀希望，情绪阴晴不定。什么佛家儒家经典、各种心灵鸡汤都不能缓解内心的烦闷,这种心情,是对一座城的关心和对自己家园的牵挂。偌大的城市,平时车水马龙,如今站在楼上望着空荡荡的街道,不见一个人影,只有偶尔穿过的车辆,心中滋味何止酸涩。

我是定居西安的外乡人,和西安有30余年的牵绊。

1993年6月,大学毕业前,学校组织我们去陕西师范大学参观学习。名为学习,实际是让我们长见识,毕竟我们的大学身处陇东小城,同学都是来自甘肃省内的农村孩子,老师很多都是本校毕业留校。到陕西师范大学来转一圈,也算是见识了高等学府。那次学习,老师带领我们用一天时间在陕西师范大学校园和校内植物园转悠。用一天时间在城区游逛:走在解放路上,我们兴高采烈;在兴庆宫公园划船,差点儿要大声唱出《让我们荡起双桨》了,虽说都是快二十岁的大姑娘了,但没见过世面的我们,兴奋啊!用一天时间去康复路买廉价物品,都没有多少钱,但第一次来西安城,一定要给家里的每个人带礼物的,哪怕一双丝袜也算。回去的路上顺道去永泰公主墓转转。现在想来,当时住在兴庆宫公园旁边的一所技校招待所,老师就带我们以此为中心逛西安城,连大雁塔、钟楼这样的西安地标都没有去。

20世纪90年代末,西安北二环未央立交桥开始修建,爱人是中铁建的员工,他参与了这个历时3年的巨大工程,我小住西安的机会多了起来,暑假都在西安城里度过。

1999年暑假，我去会宁看妹妹，从定西坐火车回西安，提前给爱人的传呼机上留了火车到达的时间，让他接我。可是火车晚点了好几个小时，一出西安火车站，已经是午夜12时许，广场上稀稀拉拉的几个人，根本不见接我的人的影子，我抱着儿子，不辨东西。旁边停有出租车，我找了一位女司机，自认为相对安全，但女司机一听我要去萧家村口，当即回绝，说她只走机场，给我介绍了一位男司机。在忐忑不安中，我背着包、抱着孩子上了车，谁知车一过龙首村，前面就是黑漆漆一片，路上坑坑洼洼，颠簸不已，司机说没路了，让我下车。

未央立交桥还在修建中，要去的地方路不通。我虽然很害怕、很绝望，可是怀里儿子怯怯的一声"妈妈"，让我只能硬着头皮，付了车费下车。我定了定神，看到周围空无一人，出租车已经掉头离去。我只能凭着一点记忆，根据大致方向往前走，抱着孩子深一脚浅一脚地走在尘土没过脚面的工地上，走了几步看到前方明亮的灯光，一下子释然了，长出一口气，直直地朝着有光的地方前行。那束光，是我的希望和一点安心。

路上，我紧紧地抱着不到3岁的儿子，给他说话，给我壮胆，儿子搂着我的脖子，还不忘安慰我："妈妈，你别怕，一会儿就能看到爸爸来接我们了。"

不知道走了多久，我终于走到了亮灯的地方，在门口，见到了要接我的人，此时我纵然有天大的火气，也已经没有力气发作了。无论爱人有一百种借口做解释，那件事还是让我耿耿于怀了多年。

后来我也随爱人调入中铁系统。2008年，公司在西安建了家属院，我安家西安城，很开心。老家离西安城200多公里，饮食习惯完全相同，又有小时候对西安城很向往的情结。

在西安城生活了几年后，我发现，喜欢西安的，大都是像我这样的外乡人，特别是从农村来的西北人。一些地道的西安本地人，他们看不上西安，他们也许喜欢美国、加拿大、澳大利亚等遥远的国度。曾经参加过一个讲座，主办方请了一名女作家，上来就给我们说她就要去某个西方发达国家给女儿带孩子，每一个字都透露着将要离开西安的骄傲，这让我很不喜欢。其实这些年中国的人口流动一直是单向的，小城市的人流向周边的大城市，像西安这样的大城市里的年轻人更愿意去北上广闯荡定居，北上广的那些有实力的人又盯着欧美发达国家。到底是出于"人往高处走"的本性，还是当下有些中国人内心对自己生活的地方不认同？去国外生活成了一些国人心中的金字塔尖了。

这样的心理和氛围让有些从国外回来的人，有"西方国家的月亮比我们的圆"的心理，生出一点骄傲心，觉得自己从国外回来，应该受到优待，就不遵守国家防疫政策。我觉得这是他们的无知和愚昧。

祖国改革开放至今40余年，经济的发展已经取得了举世瞩目的成就，人民生活水平大幅度提高，和国外发达国家的差距越来越小。我国不仅取得了举世瞩目的成就，勤劳智慧的中国人民还养活了自己，给世界贡献了丰富的商品，价廉又物美，极大地满足了老百姓的需求。我们应该没必要再以去过西方国家而骄傲得意了吧？

当然，也许我只是坐井观天，没在外国生活过，哪有资格评判呢？但我以为，爱国、爱家园的应该都是如我一样的普通百姓，我们中的大多数人没有出国的能力和资本，也没有见识过西方到底有多发达。我们对现状很满足，认定祖国是我们唯一可以依赖的地方，生活的城市就是自己的家园，当然要全身心地爱它、建设它。

择一城而居，守一人终老。西安城是我40岁时的选择，是我要终老的地方。爱这座城市，牵挂这座城市，希望疫情赶快过去，是我的期盼，也是我的愿望。

爱西安，是因为这座城市的东南西北都留下了我的足迹：曾在城东的建国路上班，每日路过西安事变纪念馆。张学良、杨虎城发动了震惊世界的西安事变，事变的和平解决成为抗日民族统一战线建立的前提，是国共两党历史上的重要转折点。回望那段历史，我们真切地感受到平安祥和的生活是多么幸福！和西安事变纪念馆一墙之隔的是陕西省作家协会大院，我从书中得知路遥、陈忠实、贾平凹等作家，当年都是骑自行车在此上班，常常心生敬意，自己的作家梦做得有些久，但从没有遗忘……

我也在西郊上过班。春天，桃园南路路口的蔷薇开得很盛；秋天，桃园路上飘落一地的黄叶，成了最美的风景；路口的桂花一年要开两次，香气四溢。路过丰庆公园，偶尔进去逛逛，公园里四季如画，里面有人在唱歌、有人在跑步，有成群聚堆的开怀大笑，有踽踽独行者，有病人沿着步道推着轮椅慢慢挪动，还有平整草坪的园林工人，身着工作服，一身尘土，一边忙碌，一边底气十足地高声说话。这人世百相，不知道谁比谁更幸福。

南郊是西安的名片和符号，每年不去转一圈，都觉得对不起我住在西安。屹立千年的大雁塔和玄奘像一起护佑着西安城。大雁塔喷泉广场，号称全亚洲最大的音乐喷泉广场。是不是最大，我不得而知，但很壮观倒是真的。一步之遥的大唐不夜城，已经是网红打卡地，从不倒翁小姐姐到各种演出，深深吸引着每一位游客。当然大唐芙蓉园也是南郊打卡地。南郊也是西安财富与人气的聚集地，除了豪宅，还有家长渴慕的名校，以及配套设施完善的医疗服务机构。

我的家在北郊，出了北门到凤城五路，沿着未央路和文景路，我闭着眼睛走都不会迷路。我在西安的第一份工作——图书编辑，就在北关，它让我从语文教师变成了图书编辑；后来在凤城五路做少儿图书编辑，是我最喜欢的工作，那里的五六年，都是在四季如画的雅荷春天小区里度过的……

我算"西漂"，也是西安人。我喜欢这座城市，期盼疫情早日结束，去家门口的龙首村盛龙广场转转、华润万家逛逛、印象城看看，吃碗萧家村口的粉汤羊血，再来一碗宝鸡岐山擀面皮，晚上跳跳广场舞，普通人的小确幸，如此简单！

四

新冠肺炎确诊病例终于清零了。未央区、经开区、灞桥区居民首先恢复正常生产生活秩序。这值得庆贺，这是西安封闭管理一个月来，抗击疫情的初步胜利。但随着以后疫情防控常态化，人人都还需要戴好口罩，做好个人防护。

疫情防控期间，我隔离在家，陆续写了几篇有关西安的心情故事，发在我经营多年的公众号"长安陌上风"上，得到了不少读者的认可，很是感动。短视频年代，纯文字、无热点、不输送鸡汤的散文，已经很少有人能耐下性子看完，何况我这寂寂无名之辈。

网红教授戴建业曾经说过，文章能有人看，主要是两个原因：一个是写的人要出名，一个是写的内容要新颖。戴教授是性情中人，说的是大实话。这个社会有人拼命想当网红，也是有原因的，红了就有流量，就能带货，就能发财。可惜，我既不出名，写的内容又是关于西安的琐碎记忆。所以不具备出名的条件，但这并不妨碍我真诚地用文字表达，用文字记录西安人的普通生活，竟然也获得了不小的传播度，单篇文章的阅读量有3万，这算是对我多年写作的一种认可。

西安的这次疫情，牵动了全国人民的心，我身居西安，生活在这里，自然要写西安的故事。

从小爱看书，语文教师、少儿图书编辑的经历，让我热爱文字，坚持用文字记录生活。

喜欢朱自清的《背影》、史铁生的《秋天的怀念》、贾平凹的《独行自在》这类散文，朴实真诚，不无病呻吟，没有华丽辞藻的堆砌，我也以他们为榜样，追求朴实的文风。

来西安十几年，以钟楼为中心，我在东边的建国路、西边的丰庆路、北边的自强西路都工作过，算是"西漂"，对西安城里的人情冷暖，深有感触。

一人、一事代表不了一座城，但城里的一个地方、一群人一定能代表一座城。

在建国路工作的时候，同事是一群年轻漂亮的姑娘，我现在依然记得一个叫小鱼儿的女孩，西安外国语大学毕业，来自汉中，很文静，为人厚道，工作踏实，从不抱怨，也不挑挑拣拣，在一群伶牙俐齿的女孩当中，她是那么安静。多年过去，我们已经失去联系，不知道她现在过得好不好，很是牵挂。

城西上班，每日行走在桃园南路，经常遇见一个老大爷，他冬天光着头不戴帽子，还穿着单衣，夏天戴帽子穿长袖，精瘦的身体里有一颗对抗自然的心，日日健步疾走为了延年益寿。这是一种积极的人生态度，是不是古都西安的一种精神？老城不老，永远与时俱进，跟随时代的脚步焕发着生机与活力。

城北的自强西路，是我在西安的第一个工作地。女孩小郑，比我小十几岁，和我竟然没有代沟，我们一起聊天、吃饭，非常开心。后来她辞职了，我突然很失落。我想公司不仅仅是工作挣钱养家糊口的地方，收获真诚的友情也是美好人生的一部分。也许我去的都是小公司，人际关系相对简单，没有那么多是是非非，人与人之间少了心机，公司自然多了生机。

在凤城五路的言鼎文化公司做少儿图书编辑，是我最喜欢的一份工作，在这里我读了很多儿童书，写作水平大有长进，几个年轻的同事真诚开朗，我们成了忘年交的文友，一直保持良好的关系。

细细想来，曾经的同事大多都是和我一样定居西安的外乡人，后来他们安家西安，成了新西安人。有包容性的城市才有活力，新西安，正是这样的城市。

作为文学爱好者，我一直在关注文学，陕西文坛的三驾马车——路遥、陈忠实、贾平凹都是住在西安城里的。路遥先生和陈忠实先生已经作古，留下不朽的著作《平凡的世界》《白鹿原》给世人品鉴。贾平凹先生现在是西安城的符号，我是他的忠实读者，最喜欢他的《高兴》《秦腔》和《古炉》，有历史感，朴实到沉重。他也是高产作家，每年一本书的速度，让人敬佩，他的作品自然离不开西安。

贾平凹的小说《暂坐》，虽说结构、文字功底一如既往地好，还有点《红楼梦》的味道，但与以往的作品风格截然不同。《红楼梦》写一群豆蔻年华的少女在大观园中的生活，《暂坐》写一群离婚女人在西京城里的故事。围绕暂坐茶庄，小说里的人物有头、有脸、有钱，她们表面光鲜，但生活并不干净。我好像读出了作者的矛盾和纠结——有心赞美这群漂亮的女人，又觉得哪里不合适，有点牵强。

主人公海若，和她的一众姐妹看似体面，实则内藏龌龊；看似大方，实则精于算计。作者极力要塑造她们光鲜亮丽的一面、柔情似水的一面、有情有义的一面，却无法掩盖她们华美背后的阴暗肮脏。也许这就是某些有钱人的生活吧。

《暂坐》是一幅活生生的《清明上河图》现代版，漂亮的女老板、能说会道的店员、摸不准心思的官员、停车场的收费员、讨债公司的小混混，还有无药可救的夏自花以及其所在的医院里的医生、病人……每个人的生活时而风生水起，时而狼狼不堪；有时候游离在生死边缘，有时候岁月静好，一派祥和；彼时是迎接活佛的庄重严肃，此时是抽烟喝酒打麻将的空虚无聊……生活的天空时而充满雾霾，时而天朗气清。

有人说《暂坐》是贾平凹笔下的欲望之都，里面尽是无处安放的灵魂。其实，我觉得浮在空中的繁华，终要落幕；不是诚实劳动所得，终要吐出去；小人得一时之意，君子受一时之辱。小说中所谓的姐妹情深背后，只不过是各取所需罢了。君子之交淡如水，不和物质利益挂钩的友情才是坚实的。

贾平凹的《暂坐》中有钱的西安人，和他的小说《高兴》中的人不是一个群体，不是一个西安。

我自己感受到的才是普通老百姓生活的西安，城里的大多数人总是忙忙碌碌，钱总是紧紧巴巴，日子总是时而吵吵闹闹，时而甜甜蜜蜜，大多平平淡淡，这才是真正的人间烟火，是最真实的西安。

一个月的疫情管控终于告一段落，这是很多人无私付出的结果，他们是寒夜里的一束光，照亮了我们的生活。

未央区首先恢复正常生活了，楼下的广场舞音乐已经响起，这座城又恢复了生机与活力。

翻阅流年

翻阅留存的记忆

沉淀在时光最深处

时而心酸　偶尔彷徨

但终究　温暖了流年

送你一束忘忧草

题记：愿你拥有快乐，无须假装。愿你此生尽兴，率真赤诚。送你一束忘忧草，从此岁月无波澜，余生不烦忧。

西晋博物学家张华在《博物志》中写道："萱草，食之令人好欢乐，忘忧思，故曰忘忧草。"东晋诗人陶渊明在《饮酒诗》中也写道："泛此忘忧物，远我遗世情。"

"忘忧草"或"萱草"，就是黄花菜。从小在黄花菜地里长大的我，读了陶渊明的诗才知道黄花菜竟然有这么浪漫的名字。"骄傲无知的现代人"打着简单的旗号，越过越俗，将忘忧草直接以颜色命名，开黄花，能当菜吃，所以就叫黄花菜。多么简单粗暴的命名方式！

中国古代诗歌的鼻祖《诗经》中写道："焉得谖草，言树之背。"汉初燕人韩婴注："谖（同萱）草，忘忧也；背，北堂也。"有了《博物志》、陶渊明诗歌的印证，我才知道，"忘忧草""萱草"是黄花菜的本名。

古代学者对《诗经》进行批注时有"北堂幽暗,可以种萱","北堂"代表母亲。在古代,当游子要远行时,就先在北堂种萱草,这样会减轻母亲对孩子的思念之情,使之忘却烦忧。唐朝诗人孟郊的《游子吟》写道:"慈母手中线,游子身上衣。临行密密缝,意恐迟迟归。谁言寸草心,报得三春晖。"他还有《游子诗》写道:"萱草生堂阶,游子行天涯。慈母倚堂门,不见萱草花。"可见种萱草可解母亲思念儿子之忧。元朝诗人王冕《偶书》中也有此意:"今朝风日好,堂前萱草花。持杯为母寿,所喜无喧哗。"

另外"萱草"又叫"宜男草"。民间有一个传说,女人怀孕时,在胸前插上一枝萱草花就会生男孩,故名"宜男"。唐玄宗时,长安兴庆宫中种了很多萱草,有人作诗讥讽说:"清萱到处碧翙翙,兴庆宫前色倍含。借问皇家何种此?太平天子要宜男。"

现代科学研究表明,黄花菜含有丰富的卵磷脂,这种物质是肌体许多细胞,特别是大脑细胞的组成成分,对增强人脑机能有重要作用,同时还可消除动脉内的沉积物,对注意力不集中、记忆力减退、脑动脉阻塞等症状有特殊的疗效。所以古人叫它忘忧草也是有道理的。

我的老家在陇东地区的一个小村落里,从我记事起,家家户户的院子周围都栽着一圈又一圈的黄花菜,农历的五月到七月,黄花一茬又一茬地开,蜜蜂嗡嗡地闹着,生机勃勃。家乡的盛夏是一年中最美的时候,蓝天白云下,红红的杏子高挂枝头,放眼望去,田野里风吹金色麦浪。可惜,年少时,我没有学会欣赏风景,只是苦于劳作的疲累。

黄花菜盛开的时节,正是暑假,每天早晨起来帮父母去摘黄花菜,成了半大不小孩子的任务。这是一个抢时机的活,摘黄花菜是讲究时间的,每天早晨,在黄花菜将开未开之时摘,不能早也不能晚。早了,花没有长成;晚了,花就开了,营养会流失。摘下来的花,要上锅蒸一下,蒸也要看火候,不能过,也不能全生;然后一根根地晾在打扫干净的院墙上。太阳落山的时候,一根根地收回来。天晴的日子,两到三天才能成为商品——黄花菜,然后卖钱。遇到天阴下雨的时候,黄花菜反而开得更盛,父母会摘回来晾在地上,于是家里到处都是黄花菜的味道,我并不觉得好闻,因为经常摘黄花菜,家人反倒都不喜欢吃此菜了。

若干年过去,当我觉得黄花菜是我的忘忧草时,我已经人到中年,半世沧桑,才知道家乡的那一排排萱草,那风吹麦浪的宁静,真的可以让我忘忧。

"萱草生堂阶,游子行天涯",离开家乡多年的我愈加思念家乡的那束忘忧草。

愿我们都拥有属于自己的忘忧草,生活无忧又快乐!

端午时节话端午

元代词人舒頔有"碧艾香蒲处处忙。谁家儿共女,庆端阳。细缠五色臂丝长"的诗句,陇东地区的端午节也有此习俗。

今年端午节,恰巧老妈和小姑在我家。我们早早地买了花花绳、粽子、绿豆糕和艾草。

第二天就是端午节,我们坐在一起回忆老家过端午节的情景,自然离不开做香包、送香包、戴香包的趣事。

我还翻出了老妈当年给我陪嫁的五色丝线,提议一起做几个香包。小姑积极响应,找来硬纸板,剪八角、缠八角。老妈想缝鸡心、缝荷包,没布、没棉花,我就将我花裙子上的口袋拆下来当花布用,卫生纸揉一揉就当棉花,烤鸡翅时用的锡纸亮闪闪的,正好可以包八角的边,就这样,我们三个人忙忙碌碌两个小时,做出了一堆"耍货",虽然粗糙,但也五颜六色。挂在我买来的艾条上,立在门后,很像以前在老家过端午的样子。

只是,有些冷清,没有记忆中的热闹和热情。

城市的街道再热闹繁华，也没有一张熟悉的面孔；老家的小路再寂静，见到的都是熟人。城市的高楼大厦里邻居住得很近，但几十年也许都不来往；乡里的邻居隔很远，也要串门。这是老妈和小姑的感受。

老妈和小姑是漂到城里的，跟随子女进城，虽说享受到了丰富便利的物质生活，但内心又总是惶恐和茫然，这与他人无关。

她们毕竟是一辈子没有出过远门的家庭妇女，从乡间小路到城市高楼大厦，跨越得有些遥远和仓促，她们从心理上很长时间都转变不了自己是农村人的身份。

现代社会发展日新月异，年轻人都需要不断学习才能跟上时代的节奏。老妈压根不识字，小姑初中毕业，她们多年来或田间地头埋头劳作，或操劳家务，接收的信息很有限，进城的自卑和胆怯只有她们自己知道，留恋家乡那方熟悉的家园，那片让她们流汗流泪的土地，是她们最后的精神寄托。

"少年佳节倍多情，老去谁知感慨生。不效艾符趋习俗，但祈蒲酒话升平"是老妈和小姑的真实心理写照。

我们三人的聊天，勾起了老妈的回忆，她已经70岁了，对于少女时代和她的姊妹们在娘家的院子里围坐一起做香包的经历记忆犹新。在老妈的描述中，那是一个壮观的场面，十几个大姑娘、小媳妇围坐在一起，将准备了大半年的丝绸、丝线晒出来，看谁的料好，比谁的手巧，小孩子、大孩子旋在周围，捣乱的、帮忙的，香包是有数的，左邻右舍的老人和孩子人人有份。老妈在回忆她的青春，这是她少女时代苦涩岁月中的一点生活乐趣。

我记忆中的端午习俗，除了揪点艾叶做香包，端午节当天早早起来戴花花绳、戴香包外，还要用田地里植物的露水洗眼睛，这样眼睛就明亮不生病。在食物匮乏的北方，家乡好像没有南方的划龙舟、吃粽子等习俗，毕竟端午节缘起于屈原，是楚地的纪念活动。

有一年端午节，我上小学，有同学将自己的香包送给我们的老校长，孩子们纷纷仿效，都送老校长香包。校长很高兴，将孩子们送的香囊挂在胸前，跟着同学们一起跑操，一堆香囊跟着他一跑一颠的，他满足而快乐的样子我至今还记得。

做了香包，小姑又想给她的孙子孙女做虎头鞋了，她说按老家的风俗过端午节，奶奶送给孙子辈最好的礼物就是虎头鞋、肚兜、虎头枕之类的物品。老妈觉得，年轻人已经不喜欢这些了，劝她就别费功夫了，小姑这才作罢。

确实是这样，香包、虎头鞋等在我的家乡已经产业化，一年一度的庆阳香包节已经走向全国、走出国门了。喜欢什么就有什么，价格也合适，端午节前后，西峰街头人头攒动，有苏轼词中"流香涨腻满晴川，彩线轻缠红玉臂"的盛景。

今夜　有雨敲窗

窗外，淅淅沥沥的雨声，让整个城市都安静了；屋里，轻柔的音乐，暖暖的灯光，家也是静谧而祥和的。

有雨敲窗的夜晚，滴答的雨声淹没了城市里的一切喧嚣，好像世界只剩下了自己。

此刻，房间里流淌的不只是音乐，还有那份安然的心绪。不曾搁浅的记忆会在此刻苏醒，蓦然惊觉，那些看似平淡的生活点滴都是岁月赋予我的色彩。

生命的旅途，来来往往；平凡的人生，起起落落。在这些悲喜参半的岁月里，唯有自己与时光结伴而行。

我喜欢有雨敲窗的夜晚，这样的夜晚，总会让人勾起一些回忆，一些往事……

我的青春平凡而简单，不曾在雨夜为爱情伤心地哭泣，也没有雨夜牵手街头的浪漫，没有雨巷里打着油纸伞的丁香女郎般幽怨，没有徐志摩再别康桥的情思……但我还是喜欢有雨敲窗的夜晚，听那滴滴答答的雨声伴我入眠。

这源自我大西北农村生活的成长经历。

西北农村，老百姓靠天吃饭。天晴了，就意味着该下地劳动了，繁重的体力劳动，总让我发愁。特别是三夏大忙时节，那情景不亚于打仗，学校放假，乡镇机关放假，所有人全都忙碌在田间地头，去抢收麦子了。

所谓"抢"就是跟天气抢，跟时间抢，趁着骄阳似火，地里的小麦也晒熟了，麦秆是脆的，一镰刀下去，就会割倒一片，再抽出一撮小麦打成结，将割倒的麦子捆成一捆一捆的。越是炎热的天气越是割麦子的好时机。

太阳越毒，越适合收麦子。火热的天气蒸发掉了麦秆里的水分，用架子车拉麦秆的时候，就轻了许多，省力气。将麦子一车一车拉回去放在打麦场上，立起来暴晒两天，就可以解开麦子捆，撒乱，碾麦粒了。

从刚开始的牛拉碌碡到后来的拖拉机碾轧，每一步都需要人的力气去完成，翻场、晒场、扬场，夏天的打麦场才是农人的阵地。经过这么多复杂的工序，终于把地里的麦子分成了麦粒和麦草。没有经过这样劳动的人，是无法想象这种劳动的辛苦和枯燥的，"粒粒皆辛苦"不是诗人的神来之笔，是生活的真实写照。

好的年景，我们家要收十几亩麦子，产量有七八千斤，全靠我们五口之家的体力劳动,我是家中的长女,妹妹弟弟和我一样,都是一顶一的劳力。

每到下午,自己不只是汗流浃背,而且双腿沉重得抬不动,却还得忍着,听着父母的指挥,从不敢抱怨,因为父母更辛苦,我们没有理由偷懒。

再说碾好的麦子并不能直接入仓,还得经过暴晒,才能一袋一袋地送进粮囤。麦秆也不能浪费,得码成规规整整的麦草垛。或圆圆高高,或方方正正的麦草垛,是家里牲口一年的口粮。

太阳高照的日子,就是这么辛苦。我最盼望的就是下雨了。一下雨,再多的活也干不了,我们就可以休息了。

所以我喜欢有雨敲窗的日子。

三夏大忙结束,如果有雨敲窗,那是再美好不过的事情,母亲也不用下地干活,终于可以闲下来和婶婶们坐在一起做针线活了。或做鞋帮子或纳鞋底,这时,孩子们就会在她们周围打闹嬉戏。母亲并没有专门陪伴我们,但有母亲在家的日子总觉得是幸福的、快乐的。

所以有雨敲窗的日子,总是感觉多了一份温暖和欣喜。

晚上,听着窗外淅淅沥沥的雨声,劳动的疲倦,让我们沉沉睡去,风声、雨声成了最好的催眠曲。

一觉醒来,绿叶娇翠欲滴,有"花重锦官城"的感觉,杏树下落满了熟透的杏子。作为农家孩子,琐碎的家务活是干不完的，又要拾杏、晒杏干，又要摘黄花菜、晾晒黄花菜，但这些毕竟都是我力所能及的事情，对我来说充满了乐趣。

今夜有雨敲窗，没有卿卿我我，没有恋恋红尘的爱情回忆。曾经辛勤劳作的童年，本已尘封心底，有雨敲窗，敲醒了我的记忆，竟然是暖暖的絮语。

流年无恙，时光安然；一场夜雨，一份心境；麦收时节，有雨敲窗；辛劳不再，温暖依旧。

冬 至 已 至

翻开朋友圈，才知道今日冬至。

"冬至有最长的夜，最长的夜里你会思念谁？"

这是朋友圈里除了吃饺子以外，冬至这天最多的话题。

今年的冬至，我在忙，从早忙到晚，身体再忙，内心却有着期待和希望。儿子考研，我做饭送饭。这是儿子二战考研，高一时儿子留恋球场和游戏厅，我们用尽招数，将他勉强拉回课堂，高三才努力学习，无奈为时已晚，高考结束，打算复读，我自己感觉实在心累，就说服他去上了一所勉强能上的大学，鼓励他以后考研。儿子倒是遵守诺言，从大三就开始准备，大四考研总分刚过线，专业课成绩算不错，只是数学基础太差，分数偏低。儿子不甘心，选择不就业，继续二战。我的心理压力很大，担心错过了应届毕业生找工作的身份，同时对他考研也充满了期待。

晚上8点，我终于安顿下来，坐到沙发上，看看电视，竟然睡着了，再醒来已是夜里 10 点了，突然内心有了一丝莫名的悲哀，感觉自己老了。

我从不会在看书、看电视的时候睡着，记得小时候生产队会在打麦场上公映各种电影，大多是无趣的，当电影结束时，周围的小伙伴会睡倒一大片，我从不会打瞌睡，再不感兴趣的片子，我也会认真地看完。

再后来，有了能自己选择看的书和自由换台的精彩电视节目，我也从不会打瞌睡。今天，我太累了，也许是外面太冷了，也许是我真的老了。我觉得只有辛苦的学生上课时偷偷懒，会打个盹，或者是暮气沉沉的老人才会在看电视时打盹。我有些莫名的伤感，想起叶芝的那首诗——《当你老了》：

当你年老头白，又昏昏欲眠
炉边打盹的时候，请取下这书卷
慢慢来读，并回想你的双眼
也曾目光温柔，却已窝影深陷
多少人爱过你片刻的亮丽芳华
爱过你的美貌，不论假意或真情
但只有一个人爱你那追寻的心
更爱那愁苦刻在你憔悴的脸颊
然后你会俯身靠近通红的炉挡

有点难过地抱怨，爱情已溜走

它徘徊到了远远的高山之上

在熙攘的星群里把面目隐藏

我尽快洗漱，又沉沉睡去，一觉醒来已经是早晨6点多，在冬至这个最长的夜里，我睡了最长的觉，谁也没有入我的梦。

再长的夜，我也要学会安然入眠，人到中年，我已经学会放松自己，绝不让自己的心受累，不再努力想那些想不明白的事。我是谁，谁是我，那都成了歌里的故事。

我将看过的鸡汤当座右铭：

生活本不易，

勿带包袱前行。

想不开的就丢掉，

得不到的就放弃，

不再让无谓的烦恼打扰自己。

心只有一颗，

不要承载得太多；

人只有一生，

不要追逐得太累！

一觉醒来，已是神清气爽，老妈打来电话，絮絮叨叨地说她和老爸辛苦一生，居住的老屋不再属于他们了，老妈念叨着院子里那棵年年硕果累累的梨树、门前那两棵枝繁叶茂的核桃树，她准确地记得窑顶上那棵槐树有 40 年了，是村子里已经过世的老人送给我家的乔迁礼物，当时小树苗只有手指头那么细，一晃这么多年过去了，长得很慢的槐树干已经很粗壮了……我知道老妈在留恋她曾经辛勤付出的家园，她舍不得。

勤劳的老爸老妈在年轻时，在我们的老屋周围栽满了树：除了长材的杨树、槐树，还有花椒树，大多数是果树，杏树、桃树、苹果树、柿子树、梨树、桑树，甚至还有一棵山楂树。还有绕着老屋种着的黄花菜，春天的时候，各种花儿次第开放，黄花菜一轮一轮地开，蜜蜂成天嗡嗡地闹着，整个家园都是欢天喜地的。村子里也是生机勃勃，20 世纪 80 年代的农村，是最有朝气的时代，家庭联产承包责任制让每个农民都有了干劲和生活的希望。

老爸那时候想把孩子们能吃到的水果树都栽上，可是等到树长大了，孩子们却都离开了老屋，再也没有了回去的机会。面对老屋易主，老爸老妈不舍，我也不舍，可是再不舍，老屋也不属于我们了。

老爸老妈当年那么精心地打理院子，从三孔窑洞到后来的砖房再到小小的二层楼，每一步都凝结着他们的汗水，当年他们做梦都没有想到会在身体健康的情况下先一步抛弃了老屋,他们的难过与不舍我能理解!

可是,又能怎样呢?

这是一个变革的时代、大迁徙的时代,从年轻一代的跳出"农门"到父辈的不得已离开,每一步都是时代的趋势,我们都被裹挟在时代的洪流中,没有人能逆流而上,所以,接受就是最好的选择。

我这是在安慰父母,也是在安慰自己。

这几年,村子里的老人在不断地故去,记忆中的痕迹已经越来越少,村庄也越来越寂静。

我想,老屋易主总比夷为平地强,虽然老屋周围的树砍了,但老屋毕竟还在那里,即使新主人盖了新房子,那也是在老屋的地盘上,这样当我们再回到村子里时,就可以去看看老屋。想到这里,我突然有了一丝慰藉。

二十四节气中的冬至,给了人们特殊的记忆,也给了人们情感的寄托。其实对于科技发达的现代人,夜长还是夜短,都不影响人们的生活,对于城市而言,灯光璀璨的夜生活还是年轻人的最爱。

毕竟不是煤油灯时代的日出而作日落而息,所以冬至长夜的思念只是现代人寻找诗意生活的情感寄托罢了。

奶奶是我心中的佛

我的奶奶去世至今已 40 多年了，我却一直怀念她，想写一点关于她的故事。

奶奶出生于 1916 年，虽然她的童年处于最动荡的年代，但是西北偏僻山坳里的小村庄相对来说能够躲避战乱，家有几亩田产，就算是殷实小户。奶奶在未嫁给爷爷之前生活安稳充足，她和那个年代的众多女孩一样，凭媒妁之言，于十五六岁时嫁给了爷爷。

按真实年龄计算，我记忆中的奶奶才 50 多岁，以当下的标准来衡量，奶奶还是年轻的。可是从我记事起，就感觉奶奶很老，因为她用长长的裹脚布缠着的小脚时常疼得走不了路。很多时候，我都看见奶奶跪着干活，她还气喘、全身浮肿。虽然奶奶不能参加生产队的集体劳动，一年到头从不出门，但她一直在家里忙碌着。

奶奶整日守着这个家，让这个贫寒的大家庭很温暖，让在外劳动的人一进门就有热气腾腾的粗茶淡饭，让孩子有人照看，让我们姐弟有了一个快乐的、幸福的童年。

那时我们住的是地坑庄，地坑就是在平地从上往下挖一个深十几米的长方形院子，在院子周围钻上几孔窑洞，再打通一个出入的巷道。窑洞上面的平地用碌碡碾轧得平平整整，当作打麦场，周围栽上杏树、桃树、核桃树等。打麦场就是孩子们的游乐场，麦草垛就是捉迷藏的好道具。

夏天，杏子熟了的季节，打麦场周围的杏树上都是黄灿灿的杏子，蓝天白云、绿树红杏，远望去是起伏的金色麦浪。一阵风吹过，杏子撒落一地，奶奶领着我们一群孩子捡杏子，然后就是晒杏干、砸杏核，那是家庭的主要经济收入。我们边玩边帮奶奶干活，总是能得到奶奶的夸奖。甜甜的杏子的味道和那种劳动的快乐至今让我回味无穷。后来我把我的这种美好记忆讲给同事听，她笑我在编故事，在她的印象中，我的家乡甘肃就是干旱、贫穷的代名词，是没有生活气息的地方。中原小镇长大的她，永远不可能体会到我的家乡之美，只有像我这样真真切切生活过的人才懂。

当时奶奶照看我们堂姐弟四人，我们都是最调皮的年纪，可没少给奶奶添乱。一次，弟弟的衣服不小心从高处的打麦场上掉到了地坑院子里，迷信又疼爱我们的奶奶说，小孩子的衣服从那么高的崖上掉下来，如果不能照原路返回，就会从此丢了魂,小孩子就会生病,所以她让姑姑把这件衣服从院子里再抛到打麦场。我们第一次见到从下往上抛物,这么好玩的游戏怎能错过,就纷纷脱下外衣往院子里扔,奶奶在院子里一边制止我们,一边迈着她的小脚忙不迭地捡衣服给小姑。小姑一边埋怨呵斥我们,一边用力地往上抛衣服。我们一边笑一边往下扔衣服,那种好玩的情景一直刻在我的脑海中,就像昨天发生的一样。

奶奶不但有好脾气,还经常念别人的好,别人对她的好她会一直记着,她对别人的好,却不自知。这样对人的态度,也影响了我。我们有个邻居,我们叫她桃娘,她是个病身子,后来觉得自己的病好不了了,就送给奶奶一块丝瓜瓤做的刷子,说是万一她走了,刷子可以让奶奶当个念想。过了不久,桃娘就去世了。那几天,奶奶显得很落寞,不停地在我们面前念叨桃娘,说她是个好人,都生病了,还那么有心做刷子送给自己。其实,奶奶只记得桃娘对她的好,却不知道自己帮了桃娘多少。桃娘下田劳动时路过我家,奶奶会给她端水喝;夏天杏子熟了,奶奶会给桃娘兜一衣襟的杏子,让桃娘带回家给她的孩子吃;桃娘家没有大人的时候,她的孩子就在我家玩,奶奶还会给桃娘的孩子馍馍吃。奶奶就是这样,只记得别人曾经对自己的好,却从不记得自己曾经帮过别人。奶奶的心永远都是温暖感恩的,永远那么善良、热情。她从没和别人发生过争执,背后不说别人闲话。那时生活艰难，很多时候都是吃了上顿没下顿，可是家里来了亲友，她即使东借西凑也要做饭招待，为此爷爷没少埋怨她。自己家里更不用说，做了什么好吃的，她也尽着让爷爷、父亲、小叔、母亲吃，说他们是家里的劳力，劳动辛苦，再有多余的，才留着给小姑和孩子们。

奶奶留给我的记忆，不仅仅是她把家里的院子总是打扫得干干净净，每个窑洞都是整洁的，厨房里的盆盆罐罐都擦得亮亮的，最重要的是每天都能看到奶奶温和慈祥的笑容。她身体多病，一定也不舒服，但她很少给人说，每天都是笑呵呵的，我从没见她发过脾气。年轻的父母没有耐心对待我们的一点点过错，但奶奶却从来没有责怪过我们，这一度让我以为所有的奶奶都是这样的好脾气，所有的奶奶都是慈爱的。

有一天，我去小伙伴家玩，小伙伴不小心洒了碗里的汤，她的奶奶就把她大骂了一顿。这让我很吃惊，我就想：当奶奶的怎么会骂人呢？我的奶奶从来没有骂过人啊。

母亲结婚早，我们姐弟三个年龄相差一两岁，生产队的农活又繁重，生活的苦累让原本脾气不好的她更急躁，一点小事都可能惹怒她。每当母亲发脾气的时候，奶奶总是悄悄地躲在一边，一句话也不说，即使小姑偶有怨言，奶奶也是赶紧制止，说："你嫂子累得心烦，别再埋怨她，等她气消了就好了。"等母亲平静下来时，奶奶又像什么事都没有发生过一样，出来主动和母亲说话。这么多年过去了，母亲不停地念叨奶奶的各种好，言语之间是无尽的怀念与感激，她一辈子都在对我说："你奶奶人好，多亏了你奶奶对我的包容。"现在母亲也像奶奶一样慈爱地对待她的孙辈，这是奶奶对母亲一生的影响。

我上二年级的时候，奶奶的肺气肿已经很严重了，她仍非常渴望自己的身体能好起来，总是给我们许诺说："等奶奶病好了给你们砸核桃吃。""等奶奶病好了给你们做油茶。"……一个阳光明媚的下午，家里只有我和奶奶，奶奶慢慢地从窑洞里挪出来，坐在门口的石头上晒太阳，在阳光下，我看见奶奶蓝色的麻布围裙上，补丁层层叠叠，还有裤子膝盖上的补丁，我突然那么心酸。我说："奶奶，等我长大了一定给你买个新围裙。"当时奶奶就笑了，是那么开心，她摸着我的头说："绒儿就是乖，只是不知道奶奶还能不能等到那一天。"那个情景一直定格在我的脑海中，这么多年过去了，每次想起这个场景，我总是泪流不止。我没有实现自己给奶奶的诺言，这是我今生最大的遗憾。

那年冬天，奶奶已经卧床不起了。每次，我从学校回家，总是先跑到奶奶的炕头看她，奶奶会拉起我的小手说："娃手冻得冰的，快来给奶奶揉揉肚子，奶奶心烧得很。"我听了这话，就把冰凉的小手放在奶奶的肚子上，轻轻地揉，边揉边问奶奶："奶奶，你好点了吗？"奶奶就会笑呵呵地说："好多了，好多了。"我觉得自己终于可以帮到奶奶了,非常高兴。第二天放学回家时,我就故意不戴手套,让手冻着,我想这样冰冷的手给奶奶揉肚子,奶奶的疼痛就会减轻。结果,奶奶一看我的手都冻肿了,心疼地拉起来,放在热炕上暖,还不停地说:"天这么冷啊,把娃的手都冻肿了,快来暖暖!"我突然有种失落,原来我忍冻跑回家,冰凉的手并没有帮到奶奶。

春天快要过去的时候,刚满60岁的奶奶就走了。我伤心地躲在无人的角落不停地流泪,没人能懂这个7岁小女孩的悲伤,我最依恋的奶奶、最疼我的奶奶,就这样永远地离开了我。丧礼正在进行,锣鼓齐鸣,我却跑到奶奶的炕头,喊一声"奶奶",炕上空荡荡的,我这才回过神来,奶奶已经不在了,我又伤心一场。

后来,我读到美国小说《飘》,觉得小说中那个瘦弱的梅兰妮身上就有我奶奶的影子。梅兰妮和我的奶奶看起来风马牛不相及,但她们都足够宽容善良,身边的人都认可她的好,所有人都尊敬她。

奶奶的病逝,伤心的不仅仅是我。在她病重期间,所有的亲朋好友和村子里的人都来看她,我的堂姑像亲生女儿一样来照顾她,给她喂饭,扶她去厕所,因为我堂姑的母亲早早就去世了,善良、好脾气的奶奶给了她母爱,堂姑都记得。

奶奶就像佛一样在度化她身边的每一个人。那个贫穷的年代，很多家庭都会为生活琐事吵吵闹闹，但我家因为奶奶的付出与宽容，家庭和谐，全家快乐。少了怨气与争吵，最享福的就是孩子们，所以我们的童年是幸福的、无忧无虑的。

奶奶成为我童年最美好的记忆，我一直想写奶奶的故事，想把善良、慈爱、热爱生活的奶奶呈现给大家。可是我迟迟不敢动笔，我有些害怕，害怕自己伤心，害怕自己写不好，因为奶奶就是我心中的一面佛，她的宽容慈爱，她的坚强乐观，一直在影响着我，也影响着她身边的所有人。

在这个追求个人利益最大化、谁也不愿委屈自己的时代，也许奶奶这样的人已经不被社会所崇尚，而我却随着年龄的增长，对奶奶的印象愈加清晰，对奶奶的高贵人格愈加怀念，因为奶奶留给我的记忆已经成了我的生活信仰。

姥姥的人生

  年,已近,心中难免有些感慨。连梦也做得乱七八糟,竟然梦见了外奶。梦中的外奶很高、很年轻,孤零零地向我走来。
  外奶和奶奶相比,我还是生疏些,在世时我看望她的次数屈指可数。她去世前两年,我和妹妹开车回去看她,我们打算带外奶去附近的屯字镇逛街,外奶也很乐意去,可是家里的人都阻拦,说是年龄大了,坐车出门晕车了怎么办,感冒了怎么办?后来想想,两公里路程,能晕什么车?大夏天的感什么冒?还不都是怕担责、怕麻烦。这成了我对她生前最大的遗憾。自此,我和妹妹再没有回去看她,也没能参加她的葬礼。
  想想外奶卧病在床半年,儿女、孙子孙女十几个,我和妹妹的孩子是重孙辈,也都快20岁了,却全靠舅妈和小姨照顾,再无一人能给她端茶递水,大家都是天各一方讨生活。子孙们这样的送终方式,到底是因为生活打败了现实,还是现实本身很无奈,还是我们都不孝?

外奶和她那个时代的女人一样,一辈子没有离开过家,受尽苦难,养育子女,带大孙子,在操劳中耗尽一生,她的人生从来不是她能做主的。

我的家族中有个堂奶奶,我们就称她"孙奶奶"吧,生活在兰州市,她和外奶是完全不同的人生,是活得最痛快、畅意的女人。

孙奶奶年轻时,是方圆几十里的美女,识文断字,还会唱秦腔。人就是这样,具备了超越他人的资本越多,就越自信,做事就越有主见、越果断。

孙奶奶在找对象这件事上就很有发言权,有挑选资格。当兵转业在兰州工作的堂爷爷回老家探亲,相中了她,仪表堂堂的堂爷爷工作也好,又能带她去兰州,孙奶奶就此从地道的农民变成了兰州城里的工人。在20世纪60年代,这几乎是所有农村女孩做梦都想不到的好事。

孙奶奶在城里同样混得风生水起,工作能拿得起放得下,还参加了厂里的篮球队,文艺演出更是她的特长。

孙奶奶热情豪爽。作为城里人,她回到老家,也照样会参加生产队不计工分的劳动。经济上对娘家、婆家都是极力帮衬。

堂爷爷的哥哥去世了,留下3个孩子在农村生活困难,堂爷爷将3个孩子全部带到了兰州。这在20世纪六七十年代的城里，得增加多大的家庭负担啊！孙奶奶也许有怨言，但她没有反对，不管怎样，是她和堂爷爷一起将3个孩子抚养长大，供他们上学，给他们找工作、成家的。

后来，她也将自己的侄女带到兰州上学，找工作、找对象都是她操心。上高中，我去兰州看病，孙奶奶给我也买了一件亮亮的黄夹克，她热情地对待老家来的每一个晚辈。妹妹早早去兰州上班，也得到了孙奶奶和堂爷爷的关照。

孙奶奶退休后，经常回老家住，做生意、打麻将，日子照样风生水起。打麻将输多了就认真做生意，手里有钱了就打麻将。她的生活就是这么随性，她的人生她说了算。

去年，78岁的孙奶奶倒在了麻将馆，送到医院后再也没有醒来。在医院做检查，家人才知道，她的几个器官都已经癌变，她年年做体检，清楚自己的身体状况，只是她对谁也没有说。

孙奶奶年轻时打篮球流产了，再也没有孩子，她对待养在身边的侄子侄女虽说不是无微不至，但给了他们足够的成长空间和衣食保障。堂爷爷先她一步离开人世后，她独自生活，没有给孩子们添负担。孙奶奶是看透了生活，依然热爱生活的人。她乐观、坚强，过畅意人生。

人生，到底应该怎么过？自己能做主时，就努力生活；自己不能做主时，就接受命运的安排。

写在父亲节

　　山东诗人桑恒昌曾经写过这样的诗:"每当写到母亲 / 我的笔 / 总是 / 跪着行走。"我对父母的情感正如诗人的表白,对父母充满了爱与敬意。

　　我时常惭愧自己的语言太苍白,无法表达我对父母的感恩之情,总是担心自己的拙笔,无法写出父母平凡辛劳的生活轨迹。父亲虽然是家乡十里八村都敬重的医生,但其实是个农民,他是赤脚医生。

　　父亲在我的眼中是完美的。年轻时的父亲有国字型的脸,浓眉大眼;父亲待人谦和,聪明好学,勤劳朴实。他从小就爱读书,写一手好毛笔字,会吹笛子、会拉二胡,还爱打篮球,至今还是央视体育频道的忠实观众。这一切都是父亲无师自通的,学校唱样板戏给了他接触乐器的机会,他一学就会。

　　父亲为了读书可没少受爷爷的嫌弃,白天读书爷爷怕他耽误农活,晚上读书爷爷嫌他点煤油灯费油。作为中国"标本式"

农民的爷爷，在他的眼里，只有辛勤劳作，从庄稼地里收获粮食才是正经事，其他的事都是懒汉生活。即便如此，父亲在校时还是成绩优秀，毛笔字也写得很好。当年村子里的春联、红白喜事对联都是父亲写的。父亲会乐器的本领，在我儿子上幼儿园的时候，才有了表现的机会：元旦表演，爷孙俩一个唱歌一个吹笛子，上了当地的电视。

父亲曾经有上大学的机会，上学成绩好，高中毕业他被推荐上北京中医学院，可是在最后的政审环节，因为有人反映爷爷在新中国成立前参加过"哥老会"这样的组织，是批斗对象，父亲上大学的资格就被取消了。

上大学无果，父亲只能回村参加生产队的农业劳动。若干年后，父亲到市里的大医院做肾结石手术时，当年顶替他去上大学的同学已经是我们当地市医院的领导兼专家，来查房时看到父亲的名字，竟然记得，特意仔细询问。这么多年过去了，已经认命了的父亲，还挺感动，宽厚善良的父亲早已原谅了命运对他的所有不公。

恢复高考制度时，父亲已经有了3个孩子，但还是心有不甘，想报名参加高考。可是农活太忙了，根本没时间看书，考试还要去离家50公里外的县城，全靠两条腿赶路，全家没有一个人支持他，父亲只好放弃。没有踏进高考的考场，是他一辈子的遗憾。

后来，甘肃省庆阳卫校要面向全区各县招收一个赤脚医生提高班，用来扩充基层医疗队伍。这是一个全日制的在校学习机会，毕业后有可能安排到乡镇医院，所以报名的人很多。为此，卫校组织了两次选拔考试，先由县卫生局在各公社组织考试，每个公社只录取一名，再由卫校在县里组织考试。错过了上大学的机会，父亲自然不会放过这次考试，让父亲引以为荣的是，他成为全乡50多名考生中的第一名，全县24名考生中的第三名，我们全县只招了8个人，父亲就是其中之一。

父亲克服了重重困难才再次走进校园，他格外珍惜，学习非常刻苦。我见过父亲的学习笔记，好看的字体，写得工工整整，密密麻麻记了几大本。最让我佩服的是，父亲有一个本子专门用来贴药品说明书。那字多小啊！他层层叠叠地粘着，反复地翻看，熟记在心里，这也许是那个时代基层医生最简单直接的学习方式吧。

赤脚医生的出现是新中国农村卫生事业发展史上的一个特殊阶段，我觉得名称应该来自南方，因为南方下水田劳动要赤脚，北方人没有赤脚的习惯。顾名思义，作为农民，许多人要赤着脚，荷锄扶犁、耕地种田，而作为医生，又要给村民看病，所以才叫赤脚医生，这是人民公社时期大家对"半农半医"卫生员的亲切称呼。这一称呼最早是1968年的《红旗》杂志发文提到的，慢慢向全国推广，到我的家乡时，已经是1977年了。

赤脚医生没有工资，由村里给记工分，是农村中没有纳入国家编制的非正式医生，要掌握一些卫生知识，可以治疗常见病，主要任务是降低婴儿死亡率和根除传染性疾病。

从卫校毕业，父亲并没有如愿进入正规医院，虽然在县医院工作过，在公社医院当过医生，但最终还是回到村里，成了一名地地道道的赤脚医生。

随着我们姐弟三人渐渐长大，包产到户后农活繁重，生活的压力，让父亲彻底放下了他的种种不甘心，安心做好农民。白天和母亲一起忙农活，晚上去村子里的诊所给村民看病、取药。

我的印象中，那时候的老人、小孩有病，都是请父亲去家里看病，病人很少去诊所，所以父亲很忙，要不在地里干活，要不就去给人家看病。

父亲行医30余载，用他的双脚丈量过家乡的每一寸土地，接手过的病人成千上万，没有一例医疗事故，母亲总是说这是父亲好心积德行善的结果。其实，我觉得勤学、善于思考的父亲，相比大多数乡村医生，有较好的文化基础。经过卫校两年的系统学习，丰富的行医实践经验让他的医术得到了乡亲们的认可，加上父亲温和的性格，善良、吃苦耐劳的精神，经常三更半夜有病人家属来请，他也毫不含糊，在家乡当地积累了好口碑，深得村民的敬重，是我们姐弟的骄傲。

我的家乡有这样的风俗：人一定要在自己家里去世，如果殁在外面，就不能抬进自家大门。父亲土生土长，了解当地的风俗习惯，地方常见病他也了如指掌，还知道一个家族几代人的身体状况，能够准确地预测病人的身体状况，小病小灾他能治就治，不能治就让家人带到市里的大医院，父亲觉得实在治不好的，就会真诚建议家里人进行保守治疗，不要白花钱。毕竟他也是农民，那个时代农民没有医保，很多人也舍不得去医院。

父亲不仅仅是医生，更是病人和家属的主心骨，他总是能给病人及家属最合理的就医建议，因此深得乡亲们的信赖。即使现在，父亲的微信好友比我还多，村里能联系上的人都加了他，大多数是他的孙子辈的人，生病了都愿意问问他，即使有大医院的诊断结果，也信赖父亲。

有时候我还想：父亲终究是个农民，他要是大医院的医生，写论文做课题，肯定有很多第一手资料，特别是地方病和遗传性疾病。

父亲是对生命有真切体会的人。他曾经迎接了上百个新生命的到来，也送走了很多无法被医治的逝者，包括我的奶奶——60多岁因肺气肿去世。所以父亲热爱生活、尊重生命，但不强求生命，不认可过度治疗。

父亲遇事豁达，告诫子女要及时行孝，对孩子的教育也主张顺其自然。

父亲一辈子勤勤恳恳，真诚待人，努力生活，尽量不给别人添麻烦。我们姐弟是看在眼里、记在心里，一直像父亲一样踏实做人，努力工作，认真生活。

父母亲跟随弟弟住在厦门，从大西北的小村庄到东南沿海城市，父亲能适应一切生活，他的赤脚医生证在20世纪80年代更换为乡村医生证，没有在城市行医的资格。闲不住的父亲就去幼儿园做事，给孩子们量个体温，做个简单检查，不辞辛苦，不嫌路远。虽然弟弟反对，但父亲一再坚持，他说自己没有退休金，况且这点活根本不算辛苦。

70岁以后，父亲才真正闲下来，但终究闲不住，洗衣、买菜、拖地、打扫卫生，和母亲一起做家务，倒也乐意。

李健在歌中唱道："这是我父亲日记里的文字，这是他的生命留下来的散文诗，多年以后，我看着泪流不止，可我的父亲已经老得像一个影子。"

渐渐老去的父母，背影愈加孤独，但他们尽量不打扰儿女的生活，依然在努力地生活，这是我们儿女们的福气和骄傲。

2022年的父亲节，我祝父亲节日快乐，身体康泰！祝天下父母都老有所依，能够安度晚年！

母亲的身影

2022年初，又是一场大范围的疫情防控，父母被封在东南沿海城市的小区里，弟弟和弟媳被封在另一座城市的工作单位中，我在西安，妹妹在北京，谁也够不着彼此。母亲不识字，不会玩智能手机，除了看电视、干家务，好像别无他事，她没有和陌生人聊天的能力。

一天，阳光很好，在小区里可以走动，父亲和母亲在小区里转，父亲拍了一张母亲坐在小区椅子上的照片，发到微信家庭群里。照片上的母亲身形那么瘦小，也显得孤单。听说要把照片发给远方的儿女，母亲有种期盼的眼神，仿佛她的儿女要回来看她了，其实，我什么也不能做，心里不由得一阵酸楚。

每当想到母亲，我的眼前浮现出的都是母亲背苜蓿的样子，山一样的苜蓿在移动，苜蓿下是母亲瘦弱的身子，弯着腰，使劲地抻着脖子，只为了看清前方的路。

母亲，是千千万万中国劳动妇女中的一员。那时候，她们不识字，不讲究吃穿，勤劳善良，把一生都献给了家庭，献给了儿女。

我的母亲18岁嫁到夫家，从此认定夫家就是她的家，一辈子围着丈夫、儿女生活，围着她的庄稼地，围着灶台，不辞劳苦。

在我童年的记忆中，母亲很忙，永远在忙，很难见到她，农业社时，没日没夜地去生产队劳动。阴天下雨，她又忙着做针线、缝衣服、做鞋子，母亲没有空闲给我们做可口的饭菜，没有时间陪我们聊天。为了生计，母亲已经无暇顾及生活的质量。

包产到户后，母亲的心劲更大，她要把家里的小日子过好，除了种地，又是养鸡、喂猪、养牛，还经营苹果园。父亲在村里当医生，忙药店，大多数活计，自然落在母亲肩头。

忙碌的母亲带给我的温馨时刻很少，但是上初中那年，我还是感动于母亲做的一件小事，为此写了一篇作文，受到了老师的表扬。

那是一个下雨的早晨，村里的小伙伴没有等我，剩下我一个人去学校。天还没有亮，我有些害怕，但好像羞于说出口，只是出门有些迟疑，明明起来晚了，还磨磨蹭蹭。母亲看出了我的心事，主动说她送我。弟弟妹妹上小学，两人一把伞，我拿一把伞，母亲戴上草帽，和我一起出门了。一路上，母亲打着伞，尽力为我遮风挡雨，我紧紧地贴着母亲，感觉很踏实。路滑，我们都没有雨鞋，是手工布鞋，一会儿就湿透了。母亲拉着我的胳膊，叮嘱我小心。走到半路，就遇到了其他同学，我说："妈，你回去吧！"母亲竟然说："不着急，我今天没啥事。"快到校门口，她停下来，把伞给了我，自己站在雨里，看着我进校门。走出几步，我回头望去，母亲还在看我。

那几年，我的病，让母亲忧心，一个正值花季的女孩，脸上添了病，做母亲的自然担忧，她常常督促父亲带我去大医院看病。以前对我的忽视，好像都弥补回来了。我是老大，比妹妹大一岁，妹妹也只比弟弟大两岁，母亲年纪轻轻，三个孩子、农活、家务，都要她操劳，这让她焦虑，脾气不好也是必然的。现在想来，那个时代的母亲有多么不易，加上母亲心性又好强，自然待我们没有多少耐心。

那个下雨的早晨，母亲送我去学校，一路上我们没有多少话，但母亲心中也是思绪万千吧，也是无尽忧愁吧？

雨中，戴着草帽的母亲，站在那里，显得瘦弱、孤单。不善表达的母亲，虽然很少在儿女面前流露温情，但她心中对每个子女的爱从没有缺少一分。

母亲将雨伞留给了我，独自顶着风雨回家，让我感动，才有了我的小作文。第二天，在母亲的建议下，父亲给我买了一双新雨鞋，那是我人生中的第一双雨鞋。

后来，我读到铁凝的散文《盼》，她1957年生于北京，小时候妈妈买给她漂亮雨衣的喜悦心情尽在这篇散文中，此文入选小学语文课本。这和我在20世纪80年代中期得到一双新雨鞋的心情是一样的，只是时空差距有些大。

我上高中住校的时候，妹妹已经去兰州毛纺厂上班，弟弟在乡里的中学读初中，周末才回来。父亲开着药店，母亲一人守着家，偌大的院子，孤单的母亲，能给她做伴的只有家里的那条小狗。除了惦记妹妹，大多数时间，母亲还是满足的。养育儿女是她不辞辛苦劳作的动力，辛勤劳动获得的家庭收入，已经能够满足家庭的需求，她没有那么焦虑了。

每周，我和弟弟回家背馍，母亲就不会下地干活，专门围着灶台做饭，要用麦草烧慢火烙锅盔，够我和弟弟吃一周，很费功夫。她还给我们擀臊子面，十分解馋。母亲很忙碌，但是又有一种掩饰不住的喜悦。

有一个周末，我提前回来，家里大门关着，但没有上锁，我想母亲一定在附近的田里，就去找她，一到打麦场，就看见了苜蓿地里走来的人，一捆小山一样高的苜蓿压在她的背上，我知道她是我的母亲，泪水奔涌而出。

我快步走到母亲身边说："妈，你放下吧，咱们两个抬。"母亲说："别动,这样背上刚好。你今儿怎么回来得这么早？""学校要考试，我们提前放了。"母亲不再说话。

我跟在母亲身后，看着前面移动的小山，那是我辛劳的母亲，心里五味杂陈。

其实，这是机械化作业没有普及时，中国农民的普遍劳作状态。养牛的人家都是这样隔天去地里割新鲜苜蓿，再背回来，远一点的用架子车拉回来，一人铡草一人递草，苜蓿才能成为牛的草料，倒进牛槽。除此之外，每天还要给牛圈垫土，过几天又要铲起牛粪拉走。这一切全靠人力，家庭养牛、养猪都是这么辛劳。

母亲背苜蓿的身影，让我多年都不能释怀，但也觉得无能为力。只有在家的时候尽量多干活，减轻父母劳作的负担；在学校时努力读书，好考上大学，以回报父母。

再后来，我们姐弟三人都如父母所愿，不用再面朝黄土背朝天地劳作，不用在土里刨食，有了自己的工作和家庭。父母不再种地，而且随着弟弟定居厦门，离开他们生活了大半辈子的黄土地，去东南沿海城市生活，又是一次煎熬和考验。他们要克服气候的湿热，克服生活习惯的迥异，克服和当地人语言交流的障碍。父母无怨无悔地接受了这样的安排，一切为了孩子，是父母一辈子的信念。

渐渐老去的母亲，脾气倒是越来越好了，特别是对我的侄女、她的孙女，一如我的奶奶当年对孙辈一样。父亲在厦门找各种适合他干的工作，弟弟、弟媳忙于工作，母亲接送侄女上学，侄女也是如我一样爱着自己的奶奶。

我一直在想,这也许就是中华民族代代相传的传统美德吧,你养我长大,我陪你变老,也适合爷爷奶奶和孙子孙女。一家三代人的和睦相处,更能让孩子感受到父母的严厉、祖父母辈的慈爱,一个不嫌弃老人的孩子,长大了一定是一个善良的人。

父母在一天天老去,侄女在一天天长大,上了高中,又考上了北京大学,母亲愈加孤单。

记得一年暑假,我和妹妹去看父母,父亲在上班,我和妹妹陪母亲逛厦门,去鼓浪屿看海底世界,去南普陀寺看荷花,去中山路逛商场,去环岛路看海,去曾厝垵吃厦门小吃,母亲很开心。

一个星期以后,我和妹妹将要返回的时候,母亲像个孩子一样,情绪很低落,执意要送我们去机场。母亲看着我和妹妹走进机场大门的样子,一如当年送我到校门口,只是有些黯然神伤,毕竟两个女儿离她太远,一年不一定能见一次面。

现在弟弟给父母提供了足够的物质保障,让他们衣食无忧地安度晚年,但他们还是落寞。母亲和我聊天,大多在回忆年轻时期贫寒的生活、高强度的体力劳动、村里和她年龄相当的长辈。这也许就是母亲的青春吧!毕竟人是适合群居的,父母的亲朋好友都在西北老家。

也许人老去的过程就是在慢慢地走向孤独:呱呱坠地的婴

儿靠哭声引来了全家人的关注；青春时期的少年喜欢成群结队地嬉闹；人到中年会发现陪伴在身边的人越来越少；走路慢吞吞的老人，他们的背影怎么看都显得那么冷清和孤单。

很多年前，我就在QQ空间写下了上面这段话，我的父母就是走路慢吞吞的老人，他们早已接受了当下的一切，对子女没有任何要求，非常知足。只是我常常惦念远方的母亲，想起母亲瘦弱的身影。

母亲的身影，是雨天里护送我上学的那顶草帽；

母亲的身影，是田间地头压在她肩上的那捆草；

母亲的身影，是机场送别时久久不愿离开的目送。

我的语文老师

人的一生注定是一场孤独的旅行,在这场旅行中会遇到形形色色的人,你路过我,我路过你,然后各自前行。即使是匆匆过客,也会成为铭记一生的人。

14岁那年的一场疾病,让我从人见人夸的漂亮女孩变成了名副其实的丑小鸭。自卑、恐惧整日缠绕着我,绝望的念头如影随形,学习更是一塌糊涂。

而那时,全家人的生存必须靠父母的双手去黄土地里刨取,他们也曾为我忧愁,但更多的是关心每日三餐,关心每年的收成。我内心的这些煎熬,父母无暇顾及,我也没有告诉他们。

在我快要绝望的时候,一缕阳光照亮了我的生活,带给我温暖,也从此改变了我的人生。

升入初二,新换的班主任兼语文老师王天恩,就是我生命中的那缕阳光。他是当兵转业回来的,虽说不是师范学校毕业,却是一个执着的文学爱好者,他时常在平凉文联办的杂志《崆峒》上发表文章，还经常给同学们传阅一些他购买的书，也鼓励同学们凑钱合伙买书传阅。一时间，班里的读书气氛很浓，同学们的闲暇时间都在相互借书看。

那是20世纪80年代初的西北农村，大多数人还停留在解决温饱的阶段，王老师却把我们这些懵懂无知的少年引领到了书籍的精神境界中，带给我们精神食粮，让我们贫寒单调的少年时代陡然变得丰富多彩，书籍引领我们认识了更广阔的世界。

那时的贾平凹应该还不是特别出名，王老师和贾平凹一起参加过一次文学活动，他回来后就给我们讲贾平凹的故事，还给我们讲了"凹"字读"洼"这个音，说贾平凹每年的作品有多少万字，言谈中全是崇拜（想想后来，我之所以会成为贾平凹文学作品的忠实读者，也是受到王老师的影响）。热爱文学的王老师经常会给我们讲他喜欢的作家和作品，他还积极组织省级作家来学校谈创作感悟，记得有个叫王家达的作家就是在那时来我们学校谈他的创作心得，谈如何写作。

如果要为后来的自己热爱文学、坚持读书寻找一个原因的话，我知道，那一定是王老师带给我的影响。"长大后我也成了他"，我在当语文老师时也积极地引导学生进入文学殿堂，并鼓励他们写作。我觉得爱读书、爱文学的人，一定爱思考，更能理解他人，也会想办法改进自己的工作方式。王老师就如此。

那个年代的农村教育，打骂责罚是主要方式，家长、学校也普遍认可这种方式。而王老师却开辟了一种全新的教育方式：他会定期和同学们谈心，了解学生的家庭状况和内心感受。开学不久，王老师叫我谈话。他关心地询问了我的病情，鼓励我，让我好好学习，不要有太大的思想负担。当时我就觉得自己突然是那么委屈，伤心地哭了，王老师还批评我说他最见不得人哭了，那是懦弱的表现。

王老师的谈话，让我绝望的内心第一次感受到了他人的关爱，我开始了思考：想想自己小学阶段凭借一点小小的聪明，在功课上还过得去，没有什么学习负担；而升入初中后，病痛的打击是一方面，最主要的是自己从不知道主动学习，整天沉迷在小人书中，不知道读书是为了什么。王老师的谈话，拨动了我心中懵懂的理想琴弦，他的谈话让我突然有了"一语惊醒梦中人"的感觉。知道学习了才会学习，也才明白学习可以丰富自己，也可能改变命运，将来可以考师范，可以当老师，挣钱养活自己。我实实在在地觉醒了，在内心深处对自己说：我要学习！到初三的时候，我的学习基本能跟上了。

人生的得失总是守恒的，一个地方失去了的，另一个地方就会得到。当我们埋怨上帝不公的时候，上帝其实又是公平的。上帝关闭了我曾经相对出众的容颜之窗，却开启了我的智慧与理想之门。

初中毕业时，王老师也让父亲改变了想法。王老师对父亲肯定地说，我学习是可以的，身体多病，回家种地肯定不行，还是让我继续读书吧！父亲这才下定决心要供我读书，还对我承诺，只要我愿意读书，他即使砸锅卖铁也永远支持我。

后来我骑自行车去20多公里外的高中读书，住校期间啃冷馍、喝开水，冰天雪地的日子里在没有任何取暖设备的屋子睡冷铺，条件再苦也没有想过放弃，最终还是改变了自己的命运。

王老师成了我铭记一生的人。长大后我就成了你，当我也成为一名初中语文老师的时候，我总以自己最慈爱的心、最宽容的态度去对待我的学生，尽最大的努力关爱每一个孩子，丝毫不敢懈怠。特别是对那些困难学生，尽可能地多给他们一些鼓励，让他们感受到老师的温暖。

其实，孩子的心是最纯洁的，也是最简单的。无论他们的成绩有多差，也无论他们的家庭有多贫穷，性格有多叛逆，我坚信只要尽我的所能去帮助他们，一定会带给他们一丝温暖，一点进步的动力，以此影响他们向上向善成长。

所以我始终固执地认为老师的品德远比学识重要。知识是无穷尽的，特别是少年时期的那点知识，随着年龄的增长，当孩子愿意学了，随时可以补上。而一旦心灵受到伤害，那种创伤是无法愈合的，也会成为他们一辈子都驱赶不了的阴影。

热爱文字的我，从来没有忘记过王老师，我在心中永远感谢他、祝福他，祝他幸福安康！

笔 的 故 事

对于笔和好看的笔记本，我有一种无端的喜爱。单位发给我的钢笔、圆珠笔，乃至铅笔我都会很小心地保存，节约使用，直至实在不能用才会换新的。即使当年当老师那会儿，在教室里看见掉在地上的笔，我也要捡起来，让学生换个笔芯再用。见多了，有的学生就会笑着说："孙老师，那笔都脏了，还让我们用啊？"其实，我知道他们心里是在说："孙老师真小气！"唉！他们哪里知道，童年的我因为笔伤心过多少次……

上小学二年级，我的第一支钢笔是姑姑用过的旧笔，可是几天以后，就被我弄丢了。那是一个初春的中午，阳光暖融融的，田野里麦苗返青，杏树的花儿正在绽放，蜜蜂、蝴蝶翩翩起舞。此时的美景我无心欣赏，只是惴惴不安地往家里走，不知该怎样告诉爸爸妈妈，奶奶正在生病住院，他们的心情肯定不好，会不会揍我……到家后，妈妈已经上田里劳动了，只有爸爸在。我吞吞吐吐地说："爸，我的笔丢了。""才用了几天，你就丢了?""下午上课,我就没笔用……"爸爸沉默着,只是吃饭,我猜想,吃过饭,爸爸要不给我钱,要不会带着我去街上买笔。可是爸爸吃过饭,推着车转身就走,一句话也不说。我急了,拉住爸爸的车子,大哭起来:"我要笔,爸爸!"紧锁眉头的爸爸,好像没听见我拼命的哭喊,车子用力一蹬,将我摔倒在地上,他连头也没回,留下我在院子里声嘶力竭地哭。

那天,我没有上学。妈妈回来了,看见我还坐在地上哭喊,她的眼里已经满是泪水,一把抱起我说:"绒儿,别哭,妈妈给你想办法。"原来,爸爸上午四处借钱,才交齐奶奶的住院费,家里连吃盐的钱都没有了,哪里会有钱给我呢!在我幼稚的心里,第一次因为笔尝到了生活的酸涩。

下午,妈妈卖掉了几个鸡蛋给我换来了一支7角钱的水笔和一斤盐,这几个鸡蛋本来是留给奶奶出院后吃的。

这支来之不易的笔,我加倍珍惜。妈妈为了让我把这支笔多用一段时间,就在钢笔的尾部穿进一根纳鞋底用的线绳,为了方便使用,线绳长达1米,线绳的另一头拴在我上衣的纽扣上,再将笔装在上衣口袋里。笔在,人在;人走,笔跟着,就不会丢了。

一天晚上,听到轰隆隆的雷声,奶奶说:"绒儿,帮奶奶把院子里的柴火抱进屋。"看到外面漆黑一片,胆小的我很怕,但还是硬着头皮走出窑洞。谁知刚抱起柴火,就发现我脚下有个东西跟着,我走快,它也快,我跑,它也跑,还夹杂着啪啪的声音,我不由得失声大叫起来:"奶奶,妖怪,妖怪来了!"奶奶、妹妹、弟弟,还有刚收工回家的妈妈都跑了过来,我扔下柴火跑过去抓住奶奶的手,哭着说:"奶奶,有妖怪!"妈妈端过煤油灯在地上仔细一看,竟然忍不住扑哧一声笑了,随后弟弟、妹妹也大笑起来。我一看,也不好意思地笑了,原来是我弯腰时,心爱的钢笔从口袋里滑出来,这才让我虚惊一场。

有了这次笑话,我发现那根长长的线绳碍手碍脚,就将它去掉,笔直接装到书包里。

秋天是收获的季节,田野里到处是大人们掰玉米、割谷子、收高粱的忙碌身影,劳累掩盖不了他们丰收的喜悦,爽朗的笑声四处飘荡。孩子们也受到感染,放学后,我们就背着书包钻进田地里嚼那甘蔗似的玉米秆、高粱秆,直到大人收工,才蹦蹦跳跳地跑着回家。

一写作业,我就傻眼了,刚才将书包扔在高粱地里了,我的钢笔又溜掉了!我一口气跑到刚才走过的地方,低着头,抽泣着,挨个地在高粱秆里翻找,希冀从中找到我那心爱的笔。夕阳的余晖斜射在空旷的田野上,高粱秆已全部砍倒,整齐排列在地里。人迹寥寥,田野显得更加空旷而静穆,庄稼的清香混着袅袅的炊烟,渐渐弥漫开了,一会儿就笼罩在远处的村庄上空。我找遍了那块田地,连笔的影子也没有见,就一屁股坐在高粱秆上,再也不想起来。我实在害怕看到爸爸那紧锁的眉头和妈妈那双泪汪汪的眼睛……不久,我听到了妹妹、弟弟和妈妈那焦急地呼唤我的声音,终于,我噙着眼泪说:"我在这儿!"

回家后,爸爸妈妈只是让我吃饭,也不多问。早晨起来,我的枕边放了一支崭新的水笔。

若干年后,当我读到张洁的散文《挖荠菜》中这段话时,心有戚戚:"我独自一人游荡在田野里。太阳落山了,琥珀色的晚霞渐渐地从天边退去。远处,庙里的钟声在薄暮中响起来。羊儿咩咩地叫着,由放羊的孩子赶着回圈了;乌鸦也呱呱地叫着回巢去了。夜色越来越浓了,村落啦,树林子啦,坑洼啦,沟渠啦,好像一下子全都掉进了神秘的沉寂里。我听见妈妈在村口焦急地呼唤着我的名字,只是不敢答应。"

以后我还丢过笔,每次都有不同的感受,这使我永远知道要珍惜。现在看到有的学生作业本没写完就撕完了,精致的铅笔盒里形形色色的笔却不想用来写作业,我非常惋惜。这几年,我们的物质水平大幅提高,一支笔、一个本,在很多人的眼里不值一提。网购平台的兴起,让低价、实用的小物品泛滥,大多数年轻人已经不知道节俭,也不需要节俭,各大平台都在疯狂地输出"买买买"的思想。只有像我这样经历过物质匮乏的人,才懂得珍惜。

长大了的儿子也比较懂我。有一年,我过生日,他在大连上大学,专门给我定制了一支钢笔,上面写着"祝老妈永远年轻快乐",让我倍感欣慰,儿子知道我喜欢笔。

"磨镰水"是一种昵称

小时候，去外爷家，村子里的爷爷辈总会说："哎，这个'磨镰水'又来了！"我虽然不知道啥意思，但总觉得有些难为情，就低头不语。也曾问过父母，为什么叫我"磨镰水"，是说我脸皮厚，又来串亲戚了？还是说我像磨镰刀的水一样只有一点点用处？我没有从父母那里得到答案。

几年前，和一个小同事聊到这个话题，她是西安周至人，她们那里也有"磨镰水"的称呼，她给了我答案。

相传，两亲家住得不远，两家的耕地在同一块田垄上。夏收期间，刚懂事的小孙子每天都要给田间割麦的爷爷用罐子送磨镰水。麦子割完后，两亲家又各自在地里种糜子，小孙子又提着罐子去给爷爷送饭。当小孙子走到地头，不巧爷爷刚刚扶犁到地那头去了，迎面而来的却是在赶牛耕地的外爷。外爷一见小外孙，问他提的啥，小外孙怕外爷吃了爷爷的饭，就撒谎说："我提的是磨镰水。"种地为啥还要用磨镰水？这么幼稚的谎话，自然被外爷识破。当两亲家互相推让着在地头吃饭的时候，外爷看着天真的外孙笑，还逗他："磨镰水呢？"小外孙羞红了脸。此后，每当这位外爷见到外孙，就想起这件事，打趣地叫他"磨镰水"。天长日久，众口相传，慢慢地，当地人就把外孙叫"磨镰水"了。

如今，叫外孙"磨镰水"的称呼已经成为历史，但关于麦收的艰辛我记忆犹新。

西北地区主产小麦，从我记事起，夏天的麦收是除了过年之外最重要的时节。所以，西北地区的很多典故、俗语都与麦收有关，把外孙叫"磨镰水"的故事也许就是这样来的。

每年端午节前后，麦子黄了，蔚蓝的天空下，涌动着金色的麦浪，大人们准备好收割麦子的农具，然后选择一个天气晴朗的日子开镰，太阳有多毒，大人割麦子的热情就有多高涨。暴晒后的麦秆是脆的，割起来省力气，从地里拉到打麦场会轻一些，也容易碾出麦粒。碾出的麦粒要在大太阳下晾晒才利于存放，不会发霉变质；碾过的麦草要晒干碾碎，才能堆成精致的麦草垛，堆好的麦草是家里牲口一年的口粮。收割、装车、摊场、碾场、扬场、晒粒、装袋、归仓，这些劳作过程都要在大太阳下进行。"足蒸暑土气，背灼炎天光"是劳动的感受，"童稚携壶浆，相随饷田去"是孩子的生活，大人小孩一起奋战半个多月，颗粒归仓，夏收算告一段落。

唐代诗人雍裕之有诗云:"白发老农如鹤立,麦场高处望云开。"在摞麦草垛的那一天,大人们会长舒一口气,做一顿像样的饭菜简单地庆贺一番,在他们眼里,所有的艰辛劳动都是值得,麦子终于归仓,劳动换来的是一年的温饱。

那时候,学校也是要放麦收假的,假期过后,回到学校,老师、学生都变得又黑又瘦。这个时候,我们才体会到坐在教室里学习是一种幸福。

即使麦收这样辛苦,爷爷也是高兴的,他不怕吃苦,爷爷总说是农民就要从土里刨食,只要有土地,就不能怕苦怕累,否则就是懒汉。爷爷是贫农,在新中国成立前没有地,到处打短工,新中国成立后,在生产队没日没夜地劳动也只是勉强能吃饱肚子,包产到户政策让爷爷有了可以自己做主的土地,他当然干劲十足,在我眼里苦不堪言的农活,成了爷爷的幸福。

爷爷早已作古,我也外出求学、工作,很久没有参加麦收劳作,麦收成了我对故乡的一种记忆符号。

因疫情防控囿于家里时,当工作不顺手时,当情绪不佳时,我很怀念麦收时节的辛劳,那种疲累到筋疲力尽、躺在麦草堆里随时都会睡着的舒坦,又何尝不是一种幸福呢?

如今,后工业时代,老家的麦收也变得容易多了,收割机进场,一天就能结束,只需将麦粒运回家,不养牛羊,麦草已经变得可有可无,很多人就直接廉价处理掉。城市化进程中,在城里打工比种地收入高，越来越多的人不再珍惜土地曾经给予我们的一切。

可是，人类所有的物质不都得来自大地吗？科学原本就是双刃剑，对土地而言，肥料、农药、机械化，是不是也是一种透支？现在被放弃的土地，是不是我们将来赖以生存的唯一落脚处？

我的知识储备和思考能力已经理不顺这些问题了。只是觉得，当村里的老人都在故去，愿意留下的年轻人越来越少的时候，未来是否还有风吹麦浪的美景？我不得而知。

"磨镰水"的昵称早已不复存在，风吹麦浪却是我心中永远的画卷。

有女出嫁说彩礼

给老家的表姐打视频电话,表姐正在"当家们",家族中有个女孩要结婚了,她在帮着"摆陪房",给我边看"陪房"边说:"你看这一排是鞋子,凉鞋、单鞋、棉鞋;这一排是衣服,短袖、衬衫、羽绒服;这是围巾、毛巾;被子、褥子是大件;袜子、镜子这样的小零碎也不能缺……"我看过去,花花绿绿,琳琅满目,非常喜庆。

"摆陪房"是陇东地区嫁女儿的传统习俗。我觉得"陪房"是娘家给女儿婚后的最低生活保障,在艰苦时代应该很有用。女儿结婚后,没有经济来源,伸手向婆家要钱。娘家担心女儿受委屈,所以结婚的"陪房"是必需品。对于物质丰富的现代人,"陪房"中衣物等生活用品已经是小菜一碟,现在有现金多少多少元的红包,冰箱、洗衣机、电动车,甚至汽车等,才能显示娘家的硬实力,"陪房"相当于娘家"晒朋友圈"。

"陪房"相当于嫁妆,又不同于嫁妆。嫁妆是实力的体现与象征,"陪房"是一份暖暖的心意,都是零碎的小东西,但很实用。

表姐以羡慕的口气说:"咱家这女娃长得乖,光彩礼就要了20万,婆家连聘带娶一次性花了30多万,两家都很满意,欢喜得很。"

我感叹说:"咱们老家没有经济产业,大都是靠打工挣钱,这么高的彩礼几家能出得起啊?这还不把男方父母愁死了?"

表姐说:"你放心,男方高兴得很,一家人在上海打工好几年了,挣的钱就为给孩子娶个满意的媳妇,他们不嫌彩礼高,就看上咱家这个女娃了,能娶进门都高兴。"我一时语塞。

老家陇东地区很多家庭确实有这样的心理:彩礼越高,女方家越觉得有面子,这样显得自己女儿金贵;彩礼越高,男方家也越觉得有面子,这样显得自己财大气粗,挑的媳妇好。

正是因为这种陋习和好面子心理,现在的彩礼越要越高。我记得,20世纪90年代初,老家当地公务员的平均工资大约每月是400元,当时的彩礼大多数是两三千元,相当于公务员大半年的大半收入。现在,老家公务员平均月工资水平应该是四五千元吧。2021年,彩礼普遍已经涨到20万元左右,这比公务员一年的工资收入还要多好几倍。

高彩礼,让有男孩的家庭不堪重负,娶媳妇很少有不全家举债的,或者一家人辛辛苦苦打工很多年,攒的钱就为翻修房屋，娶个媳妇。有女儿的家庭扬眉吐气，就等着收彩礼、嫁女儿。计划生育实行了很多年，家庭结构也已经改变，家里最多两个男孩，要是放在以前兄弟五六个的家庭，普通人家的父母累死也完成不了这样的任务。

我的同事老家是陕南的，她说他们老家如果有谁家的姑娘彩礼要得太高，反而会受到邻居和亲朋好友的耻笑，耻笑他们嫁女儿是为了赚钱。所以他们老家的彩礼不高，2010年是3万元左右，现在普遍是10万元左右，但大多都会返给女儿。跟我的家乡比，在观念上就有很大不同。

女孩彩礼越要越高，越要越离谱，"三金"首饰不在话下，城里买房也不是什么额外要求。中央电视台的《新闻调查》栏目专门就陇东地区的高彩礼现象进行了走访调查，得出的原因是重男轻女思想造成的男孩多、女孩少，性别比例严重失衡。就是这样的现状，重男轻女的思想在老家还是根深蒂固：生了男孩的，就可以不要二胎；没有男孩的，即使生了三个女儿也不放弃再生儿子的念想。风俗习惯决定了人的观念，这样的恶性循环还在继续，没有人能改变，也没有人愿意改变。

高价彩礼娶来的媳妇，全家人得供着，就盼望能生个一男半女，才安心；否则要是玩个离家出走，那就是人财两空。这几年，一些贪财的父母还唆使女儿离婚，为的是再嫁，再收彩礼。男方只要能留下孩子，离婚一般也不会要赔偿了。

重男轻女的思想，让农村男女比例严重失调，无形中提高了女孩的"身价"。再加上女孩受教育程度普遍提高，对男孩从物质到精神的要求也越来越高，女孩外出求学、工作，父母不图彩礼的，大多都嫁到外地了，留在本地的男孩只能靠高价彩礼来娶媳妇。

自古以来，中国的婚姻缔结，就有男方向女方赠送聘金、聘礼的习俗，这种聘金、聘礼俗称"彩礼"。"彩"就是"好彩头"，有祝福的意思；既然是"礼"就没有定数，可多可少，只是表达一种礼节。可是，如今的彩礼已经变味了。

我觉得靠高价彩礼维持的婚姻肯定不够牢固，家有女儿是幸福，家有儿子也不是累赘，有儿有女的家庭才能相互体谅。既不是让女儿当一辈子的公主，让女婿当一辈子仆人；也不是让媳妇当保姆，让儿子当王子。结婚意味着责任和担当，当妈妈的快乐和成就，单身女人无法体会；当爸爸的幸福和责任，单身男人无从领会。幸福生活是靠自己经营的，没有人生来就是好妻子或好丈夫。

当传统婚姻观念正在遭受冲击的时候，更需要婚姻中的双方共同进步，一起适应时代发展，才能携手到老；而不是以青春和金钱为资本赌明天，垂垂老矣时就悔之晚矣。毕竟孩子才是人晚年的保障。

前些年有人统计过，中国人患阿尔茨海默病的比例远远低于西方国家，就是因为儿孙绕膝的家庭结构，让老年人的晚年不孤单。实行多年的独生子女政策，加上西方文化的渗透，无限放大婆媳矛盾，这些观念都从根本上冲击我们的家庭结构。

现在的家庭结构越来越单一，孤孤单单的小孩子被托付给教育机构，孤零零的老人留守在村里或养老院里，接踵而来的问题已经出现——独生子女家庭长大的孩子性格上容易有缺陷，易自闭、偏执等，被遗弃的老人越来越多。

看问题不能看表面，解决问题当然应该从根上开始，高价彩礼只是表面问题。大龄剩男剩女趋多，村庄的衰落、人口数量的下降等根本性问题已经突显，解决高彩礼、高房价问题已经迫在眉睫。

九月的回忆

九月，秋高气爽，风轻云淡，没了知了没完没了的鸣叫，没了一天到晚的闷热，凉爽使我的心绪慢慢地平静了下来，心灵开始仔细地搜寻那些遗忘许久的故事。

30多年前的九月，开学季，我去离家25公里外的屯字中学上高中。

那个暑假，全家人都过得不安生。当时还没有中考一说，初中毕业成绩好的学生都考了中专，中专一毕业工作包分配，这点已经足够吸引众多农家学子了。我的中考成绩很好，报考的平凉卫校分数够了，但迟迟不见录取通知，全家人都不踏实。

有消息传来，县里的政策规定初三复读生不能上中专了。我就是一名复读生，而且学校能考上中专的几个同学都是复读生，没有一名应届生的成绩能达到中专的录取分数线，报考志愿也是在老师帮助下完成的，年少的我们根本不知道考中专的相关政策。

高中录取分数线比中专低，高中通知书一来，我就高高兴兴地去上学了。初三复读后成绩很好，这让我自信起来。我信心满满地迎接高中生活，准备考大学。父亲却心事重重，他非常希望我读中专，高中学习条件太苦，几十个人住一间大通铺，冬天很难熬，没有任何取暖设施，很多时候连开水都喝不上，啃冷馍、喝生水、睡冷板床过三年，父母担心我的身体吃不消。我身体不好，是压在父母心头的一块石头。

当我坐在屯字中学高一年级的教室里时，就忘了平凉卫校这回事。

开学几天后，父亲突然来接我，说平凉卫校医师专业的录取通知书到了，要我赶紧回家准备报到。在同学们羡慕的眼光中，在老师的叮嘱声中，我带着铺盖行李跟着父亲高高兴兴地回家了。

去平凉卫校上学，相当于跳出农门，一只脚提前踏进了挣工资的行列。

我和父亲拿着通知书走进平凉卫校教务处，却被一个自称教务主任的中年妇女告知，镇原县文教局向平凉卫校发来了函，说我不符合录取条件，并且已经将代替我的学生的档案随函寄到卫校了。教务主任趁机收走了我的录取通知书。

我和父亲都愣住了，半天才缓过神来。从不求人的父亲，低声下气地说:"你看娃已经考上了,有通知书,就请你收下吧!"教务主任坚定地说她没法儿收。后来她可能对我们这对老实巴交的父女动了一点恻隐之心,或者是为了自己良心上好过一点吧,她唠唠叨叨地解释了很久。一会儿说,镇原县文教局乱来,再送来那个叫什么彩霞的学生,他们也不会收了;一会儿又说,我们来晚了,要是早点来报到,镇原县文教局的函来了也没有用。说来说去就是不收。

我至今也没有明白当时的招生制度,是各县文教局说了算,还是招生学校说了算。按说,我拿着学校发的通知书按时来报到,凭什么不收我?既然不收复读生,为什么要给我发通知书?当时报考的时候,我们没有隐瞒复读生的身份,老师都是知道的,学校允许,我们才报考的。县文教局的政策,普通老百姓怎么知道啊!疑问太多,即使现在,我也百思不得其解。

教务主任解释得头头是道,这让本来就不善言辞的父亲,不知道说什么好,只好灰头土脸地领着我出了校门。在平凉街头,父亲给我买了两件新衣服:一件粉色的毛衣,一条裤子。我当时还纳闷,我又不在城里上学了,还给我买新衣服干吗?

若干年后,当我有了孩子,我才懂得了父亲当时的悲凉和心酸,还有对我的那份爱——父亲是在哄我开心。殊不知,难过的是他,我却无所谓。高中生活,我还是很向往的,平凉卫校上不了,我可以回去继续读高中,将来考大学,我对未来是有期许的。

从平凉回来的第二天，我和父亲冒着倾盆大雨，骑自行车赶到高中。当我浑身湿漉漉地坐回原来的座位，迎接我的是全班同学吃惊的神情。三年后的毕业留言册"难忘的一件事"一栏，好几个同学给我写"你去了，又来了"。

是的，我高高兴兴地来上了高中，又高高兴兴地回家了，又在秋风秋雨中落魄地回到了高中。那个开学季，我的人生轨迹翻转得太快，短短几天的时间，我承受了生活的大喜大悲。幸亏是懵懂无知的年龄，虽然有些小忧伤，但对我并没有太大的杀伤力，我没有一味地沉浸在痛苦中，而是很快投入到了学习中。

那天，我坐在教室里便开始学习了。父亲冒雨回家，他来回骑自行车50多公里，天黑才到家。他的心情，我现在才能体会，特别是我经历了儿子的升学过程后，更加理解了父亲当年的心情。对于儿女的前途，父母比孩子更操心、更焦虑。我没有上平凉卫校，父亲的伤心、难过都独自吞下。中国农民骨子里的那种隐忍，让父亲既没有找学校问个究竟，也没有去县文教局闹事，更没有在我面前表露任何不满。

没多久，不到40岁的父亲就大病一场，我记忆中他从没有生过病。父亲为我上学的事郁闷太久，他把所有的情绪都藏在了心里，这样的不良情绪没有发泄出来，身体就会发出信号。

当脸色蜡黄的父亲躺在镇医院的病房里,我第一次感到了心酸。

多年过去了,我还是很想知道事情的真相,到了中专录取分数线的5个同学都是复读生,考上了不同的中专。有两个女同学正常报到,正常毕业。一个留校,一个卫校毕业后分到了镇上的医院。其他两个男同学没有接到录取通知书,接到录取通知书去了学校而不让报到的人只有我一个。

高中期间,学习辛苦的时候,我心里也会怨父亲,他当时怎么就不托人问问,看看是否有回旋的余地,像那两个女同学一样上中专多好。我们条件一样,为什么会是不同的结局?但那种念头只是一闪而过,更多的时候,我在努力学习,希望考上大学,报答父母。

后来我的高考虽然也不尽如人意,上的大学非常普通,但这足以慰藉父母,村里的第一个女大学生,是父母的骄傲。

人到中年,我再回想那段经历,好像也没有什么可遗憾的。老子说:"祸兮福之所倚,福兮祸之所伏。"所有的事情,好坏都有相对性。遇事,往好处想,给自己一线希望,就有生活的勇气和战胜困难的力量。不在烂人烂事里纠缠,就是给生活松绑,给自己解脱。父亲当年的做法是对的。

有人说,写作是为了对抗遗忘。在九月的开学季,我写下这段经历是为了感恩父母,他们的老实、隐忍、善良、勤劳,是留给我一生的财富!

有一种高考叫"预选"

6月份的高考要来了,这是一个让很多家庭纠结的紧张话题。

现在的我,已远离高考的话题,儿子大学毕业,我的高考早已成了一个遥远的回忆。

1990年高考前一个月,有一次重要的考试,不亚于高考,那就是预选。只有预选通过的人才有资格参加高考,没有通过的就被学校提前扫地出门。

母校是甘肃一所普通高中——屯字中学。我的同学和我一样都来自农村,父母能让我们上高中已经是最大的让步和牺牲。此时,农村实行家庭联产承包责任制的政策不久,每家都有干不完的农活,虽然辛苦,大人们却觉得很值,毕竟辛苦劳动收获的粮食是自己的。所以我们这些长大成人的劳动力放在学校读书就是吃闲饭,就是一种"资源"浪费,况且每学期还有不菲的学杂费。

那时,我们的学习全凭学校的课堂,回家大人是不允许我们看书的，因为家里的农活太多了，太需要人手。即使是住校生，周日回家也得干活，不是用架子车往地里运粪，就是给牲口铡草，要不就是去挑水，反正总是有很多体力劳动等着我们。

当然，我们也没有理由埋怨父母，毕竟这样的劳动才是基本生存的需要，吃饱穿暖才是父母对子女起码的义务和责任。

父亲高中毕业被推荐上北京中医学院，因为最后的政审没通过而被取消资格，不甘心的父亲后来考取了我们当地的卫校，卫校毕业后还是没有吃上公家饭，只是成为村里的赤脚医生。这是父亲一辈子的心病，父亲一直希望儿女将来有口公家饭吃。所以等到我上高中的时候，父母对我全力支持。周末回家，大多数情况下是不需要干活的，这也是我比我的同学幸运的地方。

同学中有的是父母年龄大了，确实干不动农活了，需要他们在周末添把手；或者是家里有哥哥嫂嫂，怕哥哥嫂嫂计较，只有勤快点，多干点体力活，好减少家里的矛盾；或是父母的观念还停留在以前，根本不重视读书升学。

同学们周末回家劳作辛苦，上学的条件就更苦了。

我的家离学校有25公里，骑自行车去学校时，是往北，缓慢上坡，家乡的春天，风真大啊，逆风前行，我常常得下来推着自行车走。有的同学家在山里，就靠两条腿上学，得翻过山、蹚过河，才能到学校。

学校是没有正餐的，到了饭点，同学们饿了就啃一点干馍头，如果用开水泡馍，就着咸菜或者熟油辣子，这已经算大餐了。学校的开水总是有限，开水是要抢的，很多女生胆小、脸皮薄，不敢去抢，有时候好几天都喝不到一口热水。

到夏天，馒头是肯定要发霉长毛的，我们还得抠掉上面的霉斑继续吃。

这些经历，在当时大家都没有觉得苦。我觉得最煎熬的是住宿条件的恶劣，现在想来我们的学校也是有歧视女生之嫌，全校的女生宿舍安排在校园的最尽头，一个非常阴冷的角落，背靠校园的后围墙，前面离得最近的那排老师宿舍还隔着一块不小的菜地呢。一个年级的女生住一个大房子，前后靠墙是两排用木板拼成的大通铺，地上放着我们的自行车，屋子里既阴冷又狭窄，出来进去都得侧着身子，宿舍离厕所远，还没有路灯，晚上上厕所，我们都得结伴而行才敢去。

宿舍背后经常有社会上的小青年吹口哨，如果节假日或周末，有些女生因下雨路滑回不了家，晚上就有人推女生宿舍的门，还在外面乱叫，同学们都乱作一团，使劲抵着门，那帮人推不开门，才会骂骂咧咧地离去。经历过的同学，只有提醒其他同学加固门，或者周末尽可能不住宿舍，却不知道如何反抗。那时候学校没有保安，也不知道有哪个老师管这些事情，只能不了了之。

西北农村重男轻女的思想非常严重，这源于低下的生产力，因为干农活需要力气，男孩天生就是力量型的，是干农活的好帮手。况且在传统的思想中，女孩迟早都是要嫁到别人家的，所以很多父母不愿意供女孩子上学，能让她们初中毕业就算不错了。再加上求学本身的艰苦，一些女孩也不愿意继续上学，这样班上的女生一般都只占班级人数的1/3。

甘肃的冬天很冷，宿舍没有任何取暖设备，作为女孩子，身体不舒服的那几天，特别渴望一张热床，即使一口热水也行，现实却只能睡在冰冷的木板床上，好多同学都落下了病根。

同学们都是这样风雨无阻地上学，过着挨饿受冻的生活。可是求学三年，很多人没有过预选这一关，没有踏进高考的考场就被淘汰了。况且那时候，给我们这些偏远乡村分配到的名额本身就有限，加上我们的成绩也确实不好，因为我们没有题海战术，没有学习资料，老师和家长对学习的要求也不高。

应届毕业生中基本上70%的同学在预选时就被淘汰了，他们居然连高考考场都没有进，就被推上了社会。

现在想来，我也是伤感的。村里和我一起上学的几个女孩子，她们当年都没有通过预选，家长不给她们复读的机会。所以，她们带着身体的病痛，带着所谓的大龄女孩的身份，听从父母的安排，草草结了婚，继续着母亲走过的面朝黄土背朝天的日子。即使这样，她们还遭人嫌弃，周围的人还瞧不上她们，觉得她们多读了几天书，下苦力不如没读书的女孩子，针线茶饭的活又不会干，所以嫁的对象都不是很好。

我一直认为，我的那些没有考上大学的同学，并不是他们没有考大学的能力，而是缺少了家庭的支持。

1990年，我们班应届毕业生有40个吧，通过预选的不到10个，最终只有一个男同学考上了兰州的一所中专，其他的全军覆没。

当然我们这一届的学霸就另当别论了，她是个很漂亮的女同学，三年来稳居全年级第一。她性格开朗，大方热情。当然，她不住校，是走读生，我们眼中的她并没有比我们更努力，可她就是成绩好，当年就考上了不错的本科。她简直就是我们那一届所有同学的偶像，是男同学眼里的女神。

后来，我的很多同学也考上了不错的大学，但都经历过复读，他们现在是各行各业的脊梁，他们的成就应该是来自当年父母的付出与支持。当然我也不例外。

相对来说，那时候男同学的出路要多一些，当兵是他们除了上大学以外的另一条出路，好多同学40岁还留在部队，成为当之无愧的首长。有的男同学高中毕业就去学开车，外出打工做生意，现在也是小有名气的老板。

随着高考录取率的提高，各省又相继取消了高考预选制度。这种预选制度存在了10年，现在很少有人知道它了。其实在那个岁月，这种预选制度有其存在的必要性，但也有一定的弊端，比如给那些被预选刷掉的同学带来了沮丧和失望。

当然，求学的苦，当时的我们都是不自知的，青春年少的我们，感受到的不是苦，更多的是快乐。毕竟坐在教室里的感觉比在地里干农活舒服，还有一群同龄人一起玩。元旦晚会、演讲比赛、运动会这样的活动再简单，也足以让我们兴奋很多天。

男女同学虽然不太说话，但却是暗流涌动，那些青春期男孩女孩们的情思一点也不少，那谁谁喜欢谁谁、那谁给谁的字条也不是秘密。若干年后，同学们再说起当年的那些小心思，虽然现在听来是笑话，那时候却是"少年维特的烦恼"。不过，有小心思，才是正常，毕竟都是青春年少，虽然我们的青春没疯狂过，但也不至于对爱情没有向往和追求！

其实，同学之间的相处快乐只是上学的副产品，上学的目标我们还是明确的，那就是对未来有无尽的期待，生活充满了希望与理想。至少我们的目标是考大学，考上大学就可以去看看外面的世界，考上大学生活就有了无限可能的美好。

若干年后，留在我记忆深处的，感觉自己最快乐、最充实的那段学生时光，还是上学条件最差的高中。那时比懵懂的初中时代有思想，又没有大学时代的多虑，最重要的是高考让我们的生活有了希望，高考也确实改变了我的命运。

那年我是复读生

初夏的早晨，我和霞漫步在大明宫公园，周围花红叶绿，一派生机勃勃，修剪得整整齐齐的草坪如绿毯，旁边的长椅十分干净。李子树上果实累累，我们摘了一个，咬一口，酸涩难忍，先是龇牙咧嘴，继而哈哈大笑，不约而同地说，没有老家的李子好吃。

是的，我和霞来自同一个地方。我们是18年前的同班同学，霞是我那一年难熬岁月里唯一的美好记忆。

高考结束，我信心满满，将自己所有的书本资料捆扎在一起，静等结果，全家人也跟着我高兴，特别是弟弟，他自告奋勇去学校帮我查看成绩，结果让他失望了。他是奔着我所说的上线分数去的，结果我是落榜生。时隔多年，我还记得自己高考的数学分数，根本不是我平时的成绩。

那时我们的升学率普遍很低，当时班上应届生基本全军覆没，所以我的落选，在老师同学眼里是情理之中。

因为高估了自己，因为心中道不明的纠结，我决定换个环境复读，去了最好的市一中。

本身高考成绩还行，又有个舅舅在此校带毕业班，我顺利地进了成绩最好的班。

在乡下长大的我，突然去了城里最好的学校、最好的班级做复读插班生，这不是一件好事。

班里云集了当时的达官贵人子弟，有地区专员的女儿，有这局长那局长的儿子，他们个个成绩优秀，神情傲慢。老师也不大关注我们这些复读生，应届生就很优秀，老师不指望复读生给他们挣面子，所以这样的学习环境对我很不利。不过我也不大在意，自己给自己绷的弦已经够紧了，无须老师督促。

让我不舒服的，是我的同桌，快 20 年了，我还在想，她哪里来的底气和自信呢？

同桌长相平平，父亲也是农民，经济条件略好于我，但她从头到脚对我充满了傲气。

在老师的安排下，我们成为同桌，她的第一句话就是：

"今年考了多少分？"

我回答后，她的第二句话能噎死人：

"你这是复读第几年啊？"

我愣了半天，才回过神来："我这不才来复读吗？"

她随口"哦"了一声，没了下文。

那个时候，高考确实是独木桥，有的同学复读两三年也很正常，但对我这个初次见面的同桌，因为高考分数比她高，她就如此揣测同学，是一种骨子里的自大。

她虽说是本校毕业，但独来独往。坐在前排的男生，是她曾经的同学，那个男生很喜欢她，天天侧着身子和她说话，有事没事转过身来盯着她，让我这个没有和男生打过交道的人很别扭，觉得自己很多余。这正应验了一句话：只要你不尴尬，尴尬的就是别人。就此事而言，尴尬的还真是我这个局外人。

同桌很自信，每天早晨，在快要上课时才甩着高高的马尾走进教室。而我却时刻提醒自己要努力，总是早早进教室，把我们两人的桌子擦得干干净净，她来了心安理得地落座，天天如此。

偶尔有一天，我来晚了。我发现她的那半边桌面干干净净，而我的那半边桌面依然是一层厚厚的尘土，泾渭分明，那么刺眼，这让我非常难堪，也很难过，觉得好像是自己的人品很差一样。

即使这样，我还是做不到只擦自己的那半边桌子，我觉得这是举手之劳，我觉得只擦自己的那半边桌子显得不厚道。成年后我才知道这种心理就是明显的"烂好人"，这就是内心的脆弱，渴望得到每个人的认可，以为你对别人好，别人一定会对你好。生活其实不是这样。我的同桌给我上了人生的第一课，可惜那时我很无知，没有这个觉悟。

从此以后，我虽然还是擦了她的那半边桌子，但心里却不畅快，她依然心安理得地落座，依然只擦她的那半边桌子。

这点点滴滴的小事，让我很长时间都不开心，周围都是陌生的面孔，唯一离我很近的同桌还不买我的账，不领我的情，不愿意接受我的善意。

不知道从哪天起，霞走进了我的生活。她也是复读生，虽然也来自农村，但父亲是市里的干部，在市里有家。霞很有亲和力，和我很投缘，她带我去澡堂，带我去她家，我们一起学习，一起聊天。

认识霞以后，我突然觉得生活美好了许多，霞的朋友萍，也成了我的朋友。

我的同桌，依旧独来独往，依然如此待我。

曾经去乐山大佛游玩，导游说人和人之间有一种佛法，有人见面就很投缘，有人再努力也走不进对方的心里。我想恋人如此，朋友亦是如此吧！

我和霞应该是投缘的人，要不杳无音信十几年后，我们怎么会相聚在西安？况且两家竟然只隔了两条马路！

大型考试在水平相当的前提下，从来都不是考能力，而是考心理素质。经过一年的复读，我的预选成绩相当不错，在班里排在前面，我记得比同桌高出了100多分。

谁知道高考前夕,我突然身体不适,高考那几天夜夜失眠,莫名忧伤,不断回顾自己短短的人生岁月,于是一忽儿自怨自艾,一忽儿怨父怨母,一忽儿暗自垂泪。三天的高考,我是在晕晕乎乎中度过的。考完试,一估分,我就觉得自己完了,彻底完了,一年的复读白费了。

高考7月7日,正是老家收麦子的大忙时节,父母根本没有时间过问。考前,我、霞和萍三人不知道相互鼓励,考完试了,我们三人聚在一起沮丧不已,都觉得自己考得不好,觉得愧对父母,不敢回家,不想回家。

好在学校没有及时"清理"我们。我们三个人颓废得像老鼠一样,白天睡觉,晚上逗留在西峰的大街上。

夜深了,我们三个还坐在西峰百货大楼前的台阶上,默默无语。周围的喧嚣渐渐远去,灯光渐渐暗淡,我们连学校也不想回。

忧愁、迷茫,不知道未来的路在哪里。

我提议说:"要不咱们离家出走,去南方打工!"

她们俩没有回应。我知道,我们都没有勇气。

后来我看到一个上市公司老总的故事,是我的同龄人,当年也是高考落榜,去深圳打工,从车间女工努力到了后来的地位。人到中年,再见到萍和霞的时候,我们都记得那个深夜的街头,我们感慨如果当年有勇气去深圳打工,也许会更苦,也许有另一条生路，会从车间女工到老板吗？

高考结束那几天，我们三人就这样整天游荡着，直到父亲来学校找，我才垂头丧气地跟着回家。

家里忙乱辛苦的农活，让我没有时间忧伤。我拼命干活，每天疲劳到极点后倒头就睡。一个多月，瘦了10斤。

9月开学季，我、霞和萍相聚在大学校园，我们三人手拉手，相视而笑，笑容只有我们懂。这所大学就在我们当地，但是再普通也是大学啊！

我复读所在的班级，同学们高考成绩普遍很好，考入了中国人民大学等众多名校。我的同桌，发挥得超级好，考取了一所很好的大学，用现在的话说属于"985"之类，甩我几条街，据说现在是一名高校老师。现在想来，那时她比我成熟，她的淡定、坚定做自己的勇气是她高考成功的法宝。如今的她是否少了几分傲慢，多了一点宽厚？

接纳自己　就是和世界握手言和

我在西安凤城五路上班有好几年了，那条路每天来来回回地走，有几个熟悉的陌生人，几乎天天见面，但终究还是陌生人。一个瘦瘦的男人，一年四季都戴着一副有色眼镜，让人看不见他的眼睛，看不见他藏在眼镜后面的眼神，特别是冬天有雾霾的时候，我总担心他撞到什么……

最熟悉的陌生人是一个30出头的年轻女人，她住在附近的高档小区，原本长得也很漂亮，却永远皱着眉头、苦着脸，一年四季的衣服款式只有两种，要么是长长的及膝的裙子，要么是长长的大衣。走路很慢很慢，要不是她走路慢，我还不会留意她。后来，我发现她的腿有点问题，她为了掩饰自己的缺陷就穿长长的衣服，慢慢地走路。

当我发现她的缺陷时，我突然想到了自己，也是有缺陷的，14岁时的疾病在我的脸上留下了烙印，成了我永远的痛。诗人余秀华说："作为儿女，我一辈子的苦难也不敢找你（父母）偿。"

我也曾为此埋怨过父母，但终究还是释然了，相信这是命运的安排。

为了掩饰自己的缺陷，见到陌生人时，时刻提醒自己不要笑，怕引起他人的关注，特别是不要逗引童言无忌的小孩，怕他们提出让我难堪的问题，即使这样，还是常常有孩子问我，场面一度尴尬。

有一天，当你见到我毫无顾忌地笑，那一定是我放下了所有的防备和你轻松相处。其实，我的家人、我的亲戚、我相处已久的朋友，他们早已忽略了我的缺陷，在他们眼里我还是漂亮的，他们说我有白皙的皮肤、漂亮的脸型、好看的眼睛、高高的个子……可是任凭他们怎么说，我就是偏执地认为那是敷衍、是安慰，我自己总要提醒自己，我有缺陷，我不要笑，这样的提醒痛的是自己，让自己不开心，让身边的人看着也不舒服。

可事实就是如此，伤在自己身上，只有自己知道疼啊！

我以前有个同事，她长得很漂亮，工作能力又强，但她的一只脚上长了个瘤，是良性的，不疼不痒，丝毫不影响她的生活。要说不方便，就是这只脚穿鞋子得买大几码的，当然不好看。她还要经常回答那些初次见面、不了解情况、以为她脚受伤了的好心人的或真心或假意的问询。

一年春节，同事下定决心做手术，因为此时的她，家庭、事业都趋向稳定，孩子也要上学了，她说她既承担得了手术的风险，又有一定的经济实力做支撑，可以选择更好的医院、更好的手术方案。手术确实很成功，那年夏天，同事就穿上了漂亮的高跟鞋，整个人都精神焕发，原来她也很在乎这个不算缺陷的缺陷。

也许每个人都有自己心中的疤，有人觉得自己个子太矮，有人觉得自己太胖，有人觉得自己眼睛太小，有人觉得自己皮肤太黑……甚至是那种在外人看来很完美的表象下，也会藏着一两个自认为不完美的小"瑕疵"，这个瑕疵本身也许比针尖还小，可以忽略不计，却在自己心中放大到妖魔鬼怪般可怕。就像《芈月传》中的魏美人，原本倾国倾城，就因为有人说她鼻子不好看，她就掩鼻面对楚王，正好中了皇后的圈套，搭上了她的性命。虽然那只是个故事，但背后的道理是相通的。

世界上没有两片完全相同的树叶，完美也没有标准的定义，缺陷似乎才是生活真正的面目，正如每个人都不完美一样。说到底，我们还是要克服自己的心魔！

为了有底气地生活下去，只有一个办法，那就是正视缺陷，接纳缺陷！就像《我是演说家》中的无臂女孩雷庆瑶一样，这个90后女孩，在她只有3岁时因电击而失去双臂，雷庆瑶却乐观地成长为一位独立成功的女性。也许是在还没有了解这个世界的时候，她已经习惯了别人的异样眼神。在同情和怜悯中，她却越来越自信、越来越乐观，她的朋友都忽略了雷庆瑶没有双臂的缺陷，去国外旅游给雷庆瑶买了手镯，等到要给她戴的时候才想起她没有手臂。换个人也许会多心，这朋友是不是在戏弄我啊！但雷庆瑶坦然接受，对朋友说："既然我没有手，就戴我脚上吧。"把手镯当脚环戴，雷庆瑶的自信、乐观打动了现场的许多评委，也打动了无数的观众，我就是其中之一。

其实，每个人就像一颗珍珠，每颗珍珠或多或少都有瑕疵，有的瑕疵可能是污渍，洗一洗就掉了；有的却是破损，永远不能修复。但即使有瑕疵，他们依然是珍珠。

看开了才能想通。不惑之年，我终于认识到人有缺陷并不重要，重要的是怎么正视它、接受它、忘掉它，不因他人的指点而自卑忧伤，不因他人的特殊眼神而否定自己。接纳不完美的自己，从容坦然地对待自身缺陷，才是对自己心灵的解放，给家人、朋友的最好回报。

接纳不完美的自己，就会和世界握手言和。把自己看成天使，就会祛除所有的心魔。

接纳真实的自己，接纳不完美的自己，那是对人生最温柔的包容，对生命最慈悲的善待。我一定不会辜负自己、不会辜负爱我的人和我爱的人。

独行唯犬随

冬日的下午,办公室空荡荡的,只有我和莱克。

阳光透过宽大的落地窗洒进来,铺满屋子,照在我身上,暖暖的,看着眼前的稿子,怎么也抵挡不住我的倦意。坐在对面的莱克也困了,它耷拉着脑袋,趴了下去。

一人,一狗,一房间的阳光,世界在我眼前变得安静美好。

莱克是老板家的狗,据说是半纯种的德国边境犬,它长得很是狗的样子,这样的狗我觉得是好看的。

这是我和莱克相处最亲密的一天。平时,我和莱克没有任何交集,相比起初我对它的避之不及,现在的视而不见是我和一只狗最近的心理距离。

莱克很有灵性,它能感受到谁对它好、谁对它不好。对它好的,它就亲近;骂它的,它就恶扑。

经常来公司办业务的小张,原本和莱克相处很好。一天,闲来无事,他逗莱克,叫莱克过来,莱克不理,小张就说:"莱克,你要听话，要是不听话，我趁你爸爸（老板）不在，把你扔到马路上，让车撞死你！"莱克变脸了，冲小张狂吠，小张逃跑。小张再来公司，莱克就咬他，几个人都挡不住。小张给它肉吃，它吃完肉，照样咬小张。从此，小张再也不敢来公司了。

公司最爱莱克的是画画的小女孩小施，莱克每次来公司，在每个房间转一圈，必然去看小施，在小施身边蹭蹭，像撒娇一样，小施摸摸莱克的脖子，很亲昵。

我怕莱克，躲着它；它见我侧目而行，也躲着我。

老板在公司，莱克一定在老板身边或晃悠或静卧，很乖顺；老板不在公司，它一定落寞地趴在大门口，对谁也不理不睬。老板回来，莱克的那份激动和热情，不亚于一个咿呀学语的孩子见到娘，莱克冲着老板使劲摇尾巴，围着老板转圈跳，呜呜地叫着，眼里是喜悦的光。杜甫诗"旧犬喜我归，低徊入衣裾"就是最形象的描述。莱克的激动心情，连我等"外星人"也能看得出，也会心生感动，为一只狗的热情感动。

我对狗，与其说是不喜欢，不如说是一种莫名的惧怕。

小时候上学，村子里家家养狗，有的人家里的狗是散养，不拴绳子，上学放学的路上，小孩子都有被狗追咬的经历，我也不例外。所以我对狗的惧怕，是童年留下的阴影。

上一辈老人曾说狗不只能防贼防盗，还能驱神逐鬼，它们明亮的眼睛能看见暗夜里的一切妖魔鬼怪。

在老家时，母亲养狗，也爱惜狗。再忙，母亲也会按时给狗喂食，有狗能吃的，她从不会忘了。阴天下雨，及时让狗回窝。主人能给狗的，仅此而已。

而狗回报主人的却是全心全意的忠诚。家里曾经养过的小狗黑子，就极其聪明。邻居经常来我家，每次来，它总是狂吠不止，在外上学的弟弟回家，根本没见过黑子，它竟然摇尾示好。这种灵性让人惊讶。

别人家的小鸡来我家菜地里觅食，黑子就叫个不停，直到吓跑"入侵者"为止；自家的鸡吃黑子的饭食，黑子却在打瞌睡。

黑子如此可爱、忠诚，俨然成了家里的一分子。后来黑子被毒死了，母亲痛哭了好多天。再后来，每一个养过的狗死了，母亲都要哭一场。母亲的眼泪，让我也怕狗——怕狗死了。

前一阵，关于异烟肼毒狗的话题，闹得沸沸扬扬。归根结底，这不是狗的问题，是养狗人的问题。城市拥挤的空间实在不是狗的乐园。养狗就是虐狗，这是我从莱克寂寞的眼神里看到的。

我觉得狗和人应该这样相处：冬天，阳光当空照，人手缩在袖筒里，蹲在墙根下晒太阳打盹，不远处，卧着一条狗，也在打盹。下雪天，人拿着扫把，在扫雪，旁边那条狗，绕着人，跑来跑去的。广阔的院子，人舒坦，狗自在。

健身房侧记

我来到健身房，才发现自己有多"low"（水平低）：练瑜伽，柔韧性不行；去跳舞，协调性不行；游泳时，蹬腿还不行。真的成了样样都不行，只好瞪着眼睛看别人，也看到了别人的故事。

"佛系"90后瑜伽教练

女人的衣服年年在变，美其名曰"流行"，据说今年服饰的流行色为焦糖色，也有人说这是"佛系"颜色的延伸，我觉得很有道理，不信请看。

当人们在朋友圈大谈"佛系"90后的时候，我还真认识了一个，她是健身房的瑜伽教练。

面对40多个油腻大叔和臃肿大妈。她声音轻柔、神态平静，永远不急不躁，做着自带佛性的瑜伽动作。她坐在台上神态自然、闭目合十的样子，简直就是佛家弟子，这让我根本没有把她和90后联系起来。

可是那一张怎么看都很清纯的脸，还是让我忍不住自己的好奇心，做了个不懂礼貌的人，在课后问了她的年龄。

我说："姑娘，你今年多大了？"

她一脸平静地说："我是1992年的。"

看到我掩饰不住的骇然神情，她补充道："我已经练了4年瑜伽了。"

我只有把惊讶掩藏了一下，又问："你是体育学院毕业的。"

她还是平静地说："不是的，就是喜欢瑜伽。"然后礼貌地冲我点了点头，微笑着离我而去。

我觉得她简直就是"佛系"90后的代表。她有一张"佛系"的脸，永远平静并且略带笑意，还心气平和，面对老胳膊老腿的大龄学员很有耐心。很明显，她晚上来健身房教瑜伽是兼职，对自己喜欢的工作，非常认真，坚持不懈，努力进取。

她身材虽然看起来娇小，但充满了朝气与活力。瑜伽的本质，就是对意识的控制和转变。这个90后"佛系"青年很明显，已经了解了瑜伽的真谛。

看来该转变观念的是像我这样担忧的父母：当很多人在担忧80后的时候，他们已经成为社会的中坚力量；当很多人还以为90后是小毛孩的时候，他们已经贴上了"佛系"青年的标签——他们温和，他们顺其自然，他们与人为善、与己方便。

这样的标签我觉得不是贬义，是对他们的认可。因为他们生活在物质极度丰富的时代，他们不钻营不吹捧，随性豁达，遇事不争不抢。在爱的怀抱中长大，他们无比宽容，对任何事情都是一副宠辱不惊的样子。

有"佛系"90后的天下，社会更美好。

舞蹈室里的"妖精"

健身房，最热闹的地方当属舞蹈室。西方的舞蹈，舞曲大都热烈奔放，拉丁舞、肚皮舞、印巴热舞，跳舞的女人学得妩媚撩人。中国舞曲悠扬婉转，跳舞者有传统戏剧中女旦的特质，含蓄内敛，以柔美悲情见长。

舞蹈室里学印巴热舞的女人在风情万种的老师带领下，每次跳舞都是盛装出场，画着艳妆，露着粗腰，裙衩开到大腿根。远看，个个妖娆多姿；近看，大多数还是会吓人一跳，那些中老年大妈，擦了粉、描了眉、涂了口红，即使身材不算臃肿，还是远没有朴素自然让人舒服。（当然也有年轻漂亮的辣妹，那自当别论）

后工业化时代，生产力高度发展，人们的生活水平空前提升，家庭结构的过分单一，让原本忙着含饴弄孙的中老年大妈们，闲下来去跳舞健身，这原本没错。追求更好的精神生活，就是人类文明进步的必然体现。

可是，在女人都争着当"妖精"的错误营销观影响下，在"长相年轻，是因为善良"这样的有毒鸡汤肆虐下，很多女人都朝着"妖精"的方向努力。到了长皱纹的年纪，应该有皱纹的脸，在跟岁月做着徒劳的抗争，高级化妆品、玻尿酸、抽脂、拉皮等让女人变美变年轻的产品和项目大行其道。其实这是商家的圈套，在变相掏空女人的钱包。

试想，一双辛苦劳作的手，怎能光滑如玉？一张风吹日晒的脸，怎能不显沧桑？遵循自然规律，才是健康之道；承认岁月在自己脸上留下的痕迹，又何尝不是一种自信的心态？

我赶紧逃离了健身房的舞蹈室。

游泳教练真不错

游泳教练大多是年轻健壮的小伙子，但那是按小时收费的，一般人是舍不得花这个钱的。

我这里要说的游泳教练，可是一位60多岁的大妈。她瘦瘦的，每天都会来游泳，我注意到她，是因为那天她带着一个比她胖一圈、比她高出一头的朋友在学游泳。60多岁的大妈是那么有耐心，不急不躁地安慰着朋友，耐心地鼓励朋友，先教她换气，然后教她在水里漂浮，拉着朋友的手，让她一点点往前游。一个小时后,她的朋友已经能在水里漂了,这可比我学游泳强多了。

游泳是我今年"捡"来的一项本领。成年人接受新生事物的能力明显较差,克服内心的自我设限,就是一道门槛,总认为自己年龄大了,没必要去学这学那了,比如开车,比如游泳。

起初我也是拒绝学游泳的,只是今年膝关节越来越不舒服,有人建议我去游泳,我才有此打算。弟妹也是刚学会游泳,正是兴致高的时候,我有学习的愿望,她就不遗余力地教我,帮我配备好行头,从换气、漂浮到站立,在她一点点的引导下,我竟然也能在水里扑腾两下了。

对我这个半辈子没进过游泳池的人来说,那种对水的恐惧心理,足以打败我学习的兴致,要不是弟妹的鼓励,我早都放弃了。

游泳池里的两个大妈,一个是教练,一个是学生,她们很认真地练习,这本身就是一道风景。

几天以后,这学生大妈也能在游泳池里游来游去了。她们一胖一瘦、一高一低,游几圈坐在旁边聊聊天,休息一下,一个下午就过去了,既锻炼了身体,又增进了感情。所以朋友走到最后一定要有两点做支撑:一种是足够真诚,一种是相同的爱好。

60岁大妈做教练,告诉我:人要勇于打破自我设限,每天进步一点点,生命的意义就更丰富。

有机会,和你的朋友一起运动,相互监督,一起学习,共同进步,运动会更有动力。

我爱广场舞

广场舞是什么？我觉得就是在广场上跳的舞，应该是类似于国外的街舞。只是我国广场舞的主力军是中年大妈，国外的街舞是年轻人跳的。前几年，突然盛行的广场舞风头很强劲，吹动了我对跳舞的一点念想，想起了20多年前夸下的海口。

我上大学那会儿，也流行跳舞，是交谊舞。周末的晚上，学生食堂里的桌子一摞，就成了舞厅。

刚入学，同学们大都来自农村，是不会跳、不敢跳、也不好意思跳。后来，在学校团委的组织下，能跳舞的同学越来越多。我听着咚咚的鼓点，还有那或热烈或深情的歌曲，看着翩翩起舞的同学，心生羡慕，就在宿舍鼓动室友学跳舞，自己还夸下海口：赶毕业，第一要务是学会跳舞。无奈，自身没有天赋，几周下来，宿舍里热衷跳舞的同学都学会了，我还是踩不着调，慢慢也就灰心放弃了。夸下的海口，成了室友们的谈资和笑料。

因工作去了豫北小城焦作，那里的舞风更盛。家属院里的小广场上，天天晚上音乐飞扬，人影翩翩。职工家属们匆匆忙忙吃过晚饭都去跳舞，留下孩子们在大院里撒欢，大院一片祥和景象。

我们几个年轻的同事组团跳，家属院广场小，就去不远处的盆景公园跳，去隔壁的焦作大学跳，去体育馆跳，去工人文化宫跳。跳舞归来，骑着自行车穿城而过，寂静的马路上留下一阵笑声，那是青春的记忆。

我虽然不会跳舞，但因为喜欢，也一直跟着打酱油。很多时候，朋友蓉是我的舞伴，她比我娇小，可是我只有被她带着才能踩着点，况且我还要紧紧地拽着蓉的衣领。她常常说："孙同学，你不要拽得这样紧嘛，快要把我的衣服拽脱了！"即使这样，我还得拽着，拽紧她才能安心跳舞。一起玩的伙伴中，胖胖的小郭舞姿是最轻盈的，瘦瘦的我是最笨重的。

我的舞风如此，只能跟蓉跳，跟别人还敢跳吗？后来，电子游戏流行了起来，跳舞热就退了。我和伙伴们也相继有了孩子，就再也没有跳过舞。

前几年突然兴起的广场舞，让我又有了跳舞的机会。广场舞在西安好像更盛，七八年过去了，依然热度不减。我家所在的文景路上的广场舞，每天晚上7点半开始，三步一摊、五步一场，一点点空地都会被充分利用，将唱秦腔的人挤出去，将散步聊天的人引进来。舞的类型也是多种多样：有两人跳的交谊舞、水兵舞；有严格意义上的广场舞，队列整齐，以草原音乐为主，动作简单而舒缓；有一群人的狂舞，类似于早期迪厅里蹦迪的样子，是快节奏的 DJ 曲风，热烈、激情洋溢，外加一群摇头晃脑的中年人，只是年龄相对年轻一些，三四十岁的居多；当然还有简单的韵律操，比如佳木斯健身操之类的，参加者年龄偏大，六七十岁居多。

孩子大了，一身清闲的我终于有了运动的好方式——跳广场舞，坚持了几年下来，体质有了明显的改善：没跳舞前，每年冬天感冒，非输液不好；现在几年也不感冒一次，即使感冒了也根本不用吃药，三五天自然痊愈。

去年冬天，办了健身房的年卡，运动项目应有尽有，健身条件也好，没有雾霾，冬暖夏凉。游泳、练瑜伽、学跳舞都有老师领，我却坚持不了，觉得去健身房是负担，在那里做任何运动项目都得有相应的行头，衣服换来换去的，麻烦。在室内，我一运动总感觉憋闷，没有路边的广场舞环境清新，于是从刚开始的新鲜劲十足到后来的三天打鱼两天晒网，最后彻底不去了。

还是楼下的广场舞吸引我，方便、随意。5 分钟到达，随到随跳，还有选择性，免费的广场舞才是普通人的最佳健身方式。科技的发展，电子产品的丰富，让学广场舞变得容易；经济向好的和平年代，少子女的家庭生活，让更多的人有时间和心情去跳广场舞。

跳广场舞,是性价比最高的健身方式,还能愉悦心情,我希望更多的人去参与,而不是厌烦——广场舞一度成了众矢之的,人人喊打。其实,大多数广场舞组织者都会考虑周边环境,音量适中,最迟跳到晚上9点半就会结束,不会扰民。跳广场舞是爱运动、爱音乐的健康方式,是比打麻将更宜普及的大众娱乐方式。

在冬天的某个晚上,雾霾漫天,路上行人戴着口罩,昏黄的路灯下,却有一群人跟着音乐在舞动,那时,你一定不要惊讶,他们正是广场舞爱好者。

热爱运动,不惧风雪和雾霾,说的就是我。

闲话友情

朋友是磁石吸来的铁片儿、钉子、螺丝帽和小别针，只要愿意，从俗世上的任何尘土里都能吸来。

——贾平凹

90后的同事在纠结到底给即将结婚的朋友随多少礼钱。月收入不足4000元，交过房租，交过暖气费，还有"双十一"的购物费用，本已余额不足，后半月的生活费都成了问题。即使这样，她斟酌再三，还是拿出800元作为礼钱，用微信红包转账给了朋友。在她眼里，再穷也不能失了面子。

小同事，维护友情的代价，这么大。

我的第一堂关于友情的启蒙课，是从爷爷那里得到的。

幼年时代，物资极度匮乏，过年也不例外，买鞭炮、收压岁钱都是天大的喜事。一年春节前，爷爷竟然兴冲冲地从街上提回来一串鞭炮，那简直太稀罕了。爷爷自豪地昭告全家，是他远在100公里外的朋友送给他的。原来爷爷年轻时去陕西凤翔县做生意,认识了一个朋友。很多年过去了,他们已经没有任何联系。年前,我们村里有人去凤翔县贩鞭炮,爷爷的朋友听到了爷爷的信息,让村里人给爷爷捎来了鞭炮,带来了问候。这让爷爷激动了好久,也让我们这些孩子跟着莫名地兴奋了好久。

爷爷和朋友原本萍水相逢,只见过几次面,因为聊得来,就成了朋友。他们都是不识字的农民,却彼此记挂了很多年。

爷爷和他朋友的友情是一串鞭炮的物质,也是千里寄鹅毛的情谊。

我童年的第一份友情,始于几根鸡毛。

在我小时候,对女孩子来说,最好的玩具就是有一个漂亮的鸡毛毽子。毽子是手工缝制的,用那种现在是文物的铜钱做底座,我们那时候叫麻钱,好像家家都有。但是缺鸡毛,因为大人们一年到头是舍不得杀鸡的,母鸡用来下蛋卖钱,公鸡喂肥了也是用来卖钱的,鸡毛自然就是稀缺材料。

一天,坐在我后面的同学说她家有好多鸡毛,我很羡慕。她又说:"我送给你几根吧,你做个毽子,以后咱们一起玩,好吗?"我毫不犹豫地答应了。虽然第二天她送给我的不是艳丽的公鸡毛,是灰不溜丢的母鸡毛,我有些失望,但还是让奶奶给我做了个漂亮的毽子。于是我和我的小伙伴做了一段时间的朋友。

几根鸡毛，让我获得了人生的第一份友谊。

上了初中，我交友的标准提高了，那就是谁借给我小人书看，我就觉得谁是我的朋友。当然，也有友谊的小船翻了的时候，比如朋友借我的书被老师没收了，我被朋友追讨小人书的时候。

同学琴因为书成了我永远的朋友，是我初中阶段至今还保持联系的朋友之一。她成绩比我好，初中毕业就考取了甘肃庆阳卫校，去城里上学了，送给我一本几何辅导书，那是我严格意义上的第一本学习辅导资料，这让我非常高兴，为了她的那份情谊，我努力地去做那本书上的题，这样，我高中阶段的几何一直学得比较轻松。

上高中时，生活虽苦，但有朋友相伴，好像日子过得很开心。从上学路上琴、玲的相伴，到学校里芬、萍、霞的嬉闹，记忆中没有苦，只有暖暖的味道。

有一天，我身体有点不适，被病痛吓怕了的我，找老师请假，萍、芬主动提出送我回家，那时的我有100多斤，她们两人骑车送我回去，来回50公里。只因青春年少，精力充沛；只因简单纯真，重情重义。娇气自私的现代人、精打细算的成年人，一定不会去受那苦那累。

我学生时代的友情，就是一段相伴的快乐时光。

成年人的世界，计较得太多，衡量友情的条件越来越多。

金钱、地位、权利,还有所谓的面子,我们都被裹挟在世俗的圈子里,唯独少了内心的放松与自在,少了真心的祝福与牵挂。

其实有个相处很舒服,不用在乎自己长什么样子、穿什么衣服,有什么或没有什么,时不时还想见面聊一聊的朋友,是很幸福的事情,也是最高境界的友情吧!

年轻同事,为了给朋友随礼,已经超出了自己的经济承受能力,我觉得大可不必。结婚这样的大喜事,没有几个人会在乎礼钱的多少,只要是真诚的祝福,无论红包大小,朋友都会很高兴,毕竟情义无价!

爱 的 名 义

4岁的男孩刚学会骑他的小自行车,非常快乐,天天在楼下骑车。

这天,他碰见了幼儿园同学,一个小女孩,也在楼下骑车。女孩的妈妈一看见男孩,就说:"伟,过来玩,你俩一起骑,看谁骑得快!"

男孩欣然应邀,两人一起骑,他表现出了男孩子的勇气,骑得飞快,很快将他的同学甩出一大截。女孩的妈妈喊道:"伟,你骑慢点,比赛还没有正式开始呢!"男孩停下来等女孩。

等女孩追上来了,男孩大声说:"蕊,比赛正式开始喽!"女孩也高兴地说:"好!看谁先骑到花园门口。"女孩妈妈喊:"开始!"两人都用力骑。女孩妈妈在后面说:"伟,你慢点骑啊!"

男孩没有理会,将小自行车蹬得飞快,很快骑到前面了;女孩也使劲地蹬了一阵,没有追上男孩,就停下来哇哇大哭。

女孩的妈妈在后面喊："伟，你慢点骑啊！"男孩没有停下来，他沉浸在比赛胜利的喜悦中。

女孩的妈妈一面哄自己的女儿不要哭，一边不满地唠叨："伟真讨厌，骑车那么快！宝贝，别哭了，咱们不跟他玩了。"

男孩的妈妈远远地看着儿子，女孩的妈妈丝毫没有顾及男孩妈妈的感受，她没有认识到自己的错误：规则是她定的，女孩比男孩大了将近一岁，个子也高出半头，妈妈以为女儿能赢，所以提出比赛，想趁机培养女儿的自信心，没想到男孩子天生的爆发力和不服输精神，最终让他赢了比赛。

女孩自己骑不动，就开始哭，她的妈妈不鼓励自己的孩子，还责怪男孩。

生活中像女孩妈妈这样的人也不少，这是赤裸裸的"双标"，以爱的名义纵容自己的孩子，规则自己定，自己做不到，就要别人让步，这是鼓励孩子耍赖。

一个妈妈带着女儿梓彤和门房大爷家的孙女琳子在小区花园里玩，两个四五岁的小女孩在花园里玩得很开心，她们跑啊跳啊，追蝴蝶啊。明显，琳子的身体素质好，跑得快，她天天在花园里玩，路径也熟悉。

一会儿，女儿梓彤咳嗽了几声，妈妈担心她累着了，就让两个孩子停下来歇一会儿。小孩子玩得正欢，哪里能说停就停能呢？停了不到两分钟，两个孩子又开始跑起来，她们你追我赶，很快乐。

　　要求不了自己的女儿，这个妈妈竟然向门房大爷的孙女喊停了，她大声说："琳子，你不跑，我家梓彤就不会跟着你跑了。"琳子被镇住了，她站了一会儿，看见梓彤的妈妈对梓彤嘘寒问暖，又是给水喝又是擦汗的。小女孩天生心思敏感，琳子的妈妈外出打工，她已经很久没有见到妈妈了。琳子就对梓彤说："我不玩了，我要回家！"

　　琳子回去了，梓彤也闹着要回家看动画片，她妈妈生生地搅了两个孩子的纯真乐趣。也许梓彤身体不好，不能剧烈运动，但梓彤妈妈没有对两个孩子加以引导，让她们一起停下来喝水、讲道理，而且为了不让自己的孩子跑，就要求别人家的孩子停下来，明显是大人对自己孩子的袒护和对别人小孩的欺凌。

　　孩子的世界是纯真无瑕的，大人总是以自己的标准去对待孩子，将成人世界的小心思用在孩子身上。其实大人给孩子做了不好的榜样，将自身的问题迁怒于他人，看起来微不足道，但孩子是能感觉到的，足以影响孩子对这个世界的认识。

　　孩子是比大人更有灵性的生命，细枝末节的小事，你以为他们不知道，其实孩子是能感觉到的。

　　这让我想起鲁迅先生的散文集《朝花夕拾》中的衍太太。她是个奸诈的大人，对孩子的好都是假的，表面上讨孩子欢喜，实际上是在害孩子。虽然生活中像衍太太这样的人很少了，但扫别人家孩子的兴、长自己孩子威风的家长还是不少。

每一个孩子就是一朵花儿，都值得大人真心对待。将真诚融入生活的细节，不要伤害了别人家的孩子，骄纵了自己的孩子，以爱的名义犯错，最糊涂。

静待花开

从朋友圈看到一种绿植，叫巴西木，一截树桩，看起来是干枯的，但是旁边会长出嫩叶，有枯木逢春的生机。树桩是圆圆的，顶上自然是平的，可以在上面搁一些小摆件，我看了非常喜欢。

朋友给了我购买的链接，我从某购物平台买来试养，对于盆栽花草，我是喜爱的，特别是那种不开花的绿色植物，很入我的眼，不喜欢开花的植物，是不想看到艳丽的花儿败落时的样子，那时，就如同看到美人迟暮憔悴的神态，看来《红楼梦》中黛玉惜花葬花也是有此心境吧。吊兰啊、绿萝啊、多肉类的，好活，不开花，没有娇艳也没有颓败，永远是不悲不喜、不荣不败的样子，一如我想要的生活。

点开了巴西木的购买链接，平台就不停地推送类似的商品，大数据时代，手机网页总能及时捕捉你的所需所想，你在网页搜一个问题，就有相关的商品推送给你，为你解忧，赚你钱。

我已经买过了巴西木，又有更廉价的巴西木推给我，忍不住诱惑又花几块钱买了一个。

买回来一看，果然不如先前朋友推荐的，先买的已经发了芽，而这个就是光秃秃的一截树干，啥也没有。同事们笑话我，说可以劈了，当柴火烧。

我问了卖家，说要按时换水，耐心等待一个月以后会发芽。一个月以后，先买的巴西木已经长出了三片叶子，非常好看，达到了预期的效果。而这个，还是没有动静。再问卖家，说是两个月以后会长出叶子。我没有扔，坚持按照卖家的要求换水，过了几天，树干上有了鼓起的包，一个月后，包上有了白芽，终于活了，长出了嫩嫩的一截小芽。而先买的那棵，早已长出了碧绿的叶子。

朋友说，巴西木上的叶子长繁盛了，也会开花。我期待着。

先买的巴西木，苗木本身的底子好，所以长势好；后买的巴西木，明显营养不良，需要时间和耐心等它发芽。

看来，成长的过程，是世界上最急不得的事情。

养巴西木，要静待花开，就像养孩子。

有的孩子天生就身体素质好，能经得住摔打，学习上也抗压；有的孩子天生柔弱，一如我买的两棵巴西木，先天底子就不同。

从教十几年，也带过几百名学生，在学校，家长和老师都看重孩子的学业,可是从我的观察和感受来说,有的孩子天生聪明,有的孩子学习就是吃力,家长和老师要承认这种差异。

一个考上清华大学的女生,我带了她初中三年的语文,佩服她学习的专注力和非常强大的记忆能力。

她上课非常专心。坐在第一排,她专注的眼神,能点燃老师上课的热情,上课捎带讲过的一些零碎知识,她都会记下来。她的身体素质也很好,三年下来,没有请过假。全年级第一保持了三年,这在一所重点中学很难,20个平行班,1000多名学生,她就这样遥遥领先到毕业,被省会城市的重点中学抢走,最后保送到清华大学。我还知道她后来的发展:上了清华本科又被保送硕博连读——清华大学的精密仪器系。在清华大学上学期间,她还和几个同学成立了乐队,经常出席演出活动,完全颠覆了我对她以前只知道学习的认知。这样的学生,我从不敢说是我教出来的,我觉得她就是天赋异禀的学习型人才。

我的侄女,是我看着长大的,今年被保送到北京大学。追踪她的成长经历,小学初中成绩不错,但也不是数一数二的,妈妈从小就培养了她爱看书、爱画画的习惯,还写得一手娟秀的字,这在00后孩子中算是比较出色的了。她的爸爸妈妈工作忙,生活起居大都是爷爷奶奶照顾,但女孩很懂事,从不会嫌弃不识字的奶奶,从一年级起,看似奶奶在接送她,其实出门都是她领着奶奶、照顾奶奶。

上高中，军训让她吃尽了苦头，她觉得自己在动作协调性方面不行，只有靠努力学习提升自己的短板。她从入校时的年级200多名，到高三时年级第一，到被保送到北大，这样的孩子，是通过勤奋刻苦获得的成功，用她妈妈的话说，她的天赋不算特别好，但在学习上肯吃苦，一点一滴地进步，很扎实。即使到了北京大学，她也保持早晨6点多起床、晚上11点休息的规律作息时间，上大学后的多次考试，成绩竟然始终保持在同专业里的前列。即使这样，她还是觉得自己不够聪明，唯有努力。

无论是被保送清华的学生还是被保送北大的侄女，她们是那个已经长出绿叶的巴西木，根就是好的。

而有的孩子就是那个天生营养不良的巴西木，他们磕磕绊绊，才能完成自己的学业，作为他们的见证者，我已经感到很欣慰了。

记得曾经带过的学生，一个憨憨的男孩，个子很高，但是不灵活，体育课上他很多动作都完成不了。文化课非常吃力，让他背诵一首古诗，结结巴巴一两天才能完成，像《岳阳楼记》《出师表》这样的古文，根本背不下去，即使分段背，也很难完成。

他的妈妈告诉老师，孩子小时候生病，发烧昏迷后，就不够灵气了，希望老师在学习上尽心就行，不要逼他，让他不要受同学欺负。这孩子不惹是生非，憨厚，老师不烦他。三年下来，他的成绩基本是班级倒数一二,初中毕业上了技校,后来在一家工厂上班,还干得不错。他胆子小,听话,工作上也是熟能生巧,大家都挺喜欢他的。这份工作也养活了他。

庆幸的是,这个学生的妈妈能够正确对待自己的孩子,老师也没有为了提高成绩而为难他,他顺利地完成了九年制义务教育,成长为能养活自己的有用之人。

我生儿子的时候,差点母子不保。儿子出生3天就出现了黄疸,脑袋上的包好几个月才下去,奶水不足,吃的是三鹿奶粉。半岁后得过肺炎,七八个月的时候因急性痢疾严重到转院,3岁以后身体才慢慢好起来,即使这样,每个月都会去医院输液。儿子受罪,我心痛不已,也心力交瘁。

好不容易上学了,身体好了一点。当老师的人看到的都是优秀学生,总想用优秀孩子的标准来要求自己的孩子,结果,事与愿违,儿子成绩永远徘徊在中等线,到初中时,学习成绩更是一落千丈,谈到学习,家里就鸡飞狗跳,他嫌我烦,我觉得他不听话、不够努力。

当我终于静下心来反思自己的时候,儿子已经上高中了,我想到了儿子小时候生病的样子,想到了这些年来我既要工作又要独自带他的艰辛,终于明白健康的儿子已经是上天给我的恩赐,我要知足。

后来,儿子勉强上了大学,爱读书,热爱篮球,喜欢健身,积极参加社团活动，对自己所学的专业很满意。儿子没有考上名牌大学，但他从上大学开始努力，考上了研究生，有了自己的生活圈子和目标，我也是欣喜的。最关键的是儿子长大了，他不再是小时候那个柔弱的、病恹恹的孩子，他是一个自强自立的小伙子了，我还有什么不满足的呢？

儿子和我那个憨憨的学生，就是发芽迟缓的巴西木，他们先天营养不足，底子不好，他们要慢慢长，父母要静静等，总有一天他们也会发芽，再柔弱，也是花儿。

原来，所谓的静待花开，不是一句空话，而是一场心灵的疗愈。是用平静祥和的心态守望孩子的成长，是父母付出努力不见花开之后依然保持微笑的表情，是执着与坚守，也是智慧与胸襟。

女 孩 娟 子

很早就想写娟子的故事,却又不知该如何下笔;不写,又觉得对不起她,毕竟这个世界她也曾来过。

娟子是我的表妹,出生在20世纪70年代末的西北农村。在一些孩子躺在父母怀里撒娇的年纪,娟子就已经开始烧火、做饭了,小小年纪就成了父母的得力帮手。娟子是家里的老大,既要照顾妹妹,又要烧炕、打猪草、喂猪、喂牛、拉麦子、收玉米这样的重体力活,她也得跟着父母干,得替母亲分担劳动。

好在娟子性格随了母亲,天生憨厚,也不觉得辛苦,干家务、做农活是她的主业,学习成了副业。在学校,她学习成绩不好,但腼腆胆小,不调皮捣蛋,属于那种老师同学都易忽视的类型。

这样的娟子,长到十七八岁,寻个婆家嫁了,也是那个时候大多数农村女孩的必走之路。如此的娟子,平凡的一生也算无憾吧,可是命苦的孩子,连这样的生活权利也得不到。

娟子的母亲生下第三个女孩后，计划生育干部盯上了她。在以人为主要劳动力的时代，没有男孩怎么办呢？扛粮食、耕地没有男劳力怎么行？老了谁来养老送终？娟子的母亲和那个时候的大多数西北农村妇女一样，一心想生个男孩。东躲西藏的日子，让娟子的母亲身体很差，即使这样，她还是怀孕了，这次怀的好像是男孩，大家都这么说，她自己也感觉和前几年怀女孩时的反应不同。她天天在心里向上天祈求："求求老天爷，这次让我生个儿子吧！"

娟子妈心里清楚这些年大人的日子不好过，苦了自己不说，最主要的是苦了孩子，家里一贫如洗，有点积蓄，都被计划生育干部罚走了，有点值钱的东西也变卖了，女儿们跟着吃苦受累不说，还让她们担惊受怕。她真的希望这次怀的是个男孩，这样他们一家人就可以过上太平日子啦。

上天真帮了她，娟子母亲终于在自家的炕头上生下了一个男孩，她喜极而泣，全家人都跟着高兴，大家都围着孩子转，忽略了产妇，生了这么多孩子的娟子妈，大家就没有放在心上。到半夜，娟子妈就昏迷了，天一亮，娟子爸用架子车拉着她到几公里外的乡卫生院，卫生院根本不收：高龄产妇大出血，又耽搁这么久，让他们赶紧转到50公里外的县医院。可是娟子爸没有钱啊，没钱连车都叫不到，等娟子爸借来了一点钱，叫了个三轮车,把娟子妈拉到县医院时,娟子妈已经走了,永远地离开了这个世界。希望天堂的她从此没了烦恼和辛苦。

娟子那年也就十三四岁吧,她拉着妹妹哭得嗓子嘶哑,姐妹三人拼命地喊妈,这个苦命的妈妈还是被草草地埋进了深深的坟墓,再也听不见孩子们的呼唤了。

没妈的日子,娟子更忙、更孤单,可是生活还要继续。娟子忙着帮奶奶照看嗷嗷待哺的弟弟,照看哭着找妈妈的妹妹。她还要上学,她想上完初中,她舍不得离开学校,虽然学校没有带给她更多的快乐,但她总觉得上学能让她感受到一个不一样的世界,让她的人生有点希望,为此她也感激父亲没有让她辍学。

60多岁的奶奶,在竭力地帮娟子一家,没有人追着要罚款,娟子家的日子安稳了一点,生活让没妈的孩子——娟子也歇息了一下,命运大概也不忍对这个孩子太苦。可是生在蜜罐里的孩子,日子再苦也有甜味;在苦水中泡大的孩子,命运已经忘了给她糖。

上初三那年冬天,娟子感冒了,穷人家的孩子感冒了就不是病,何况娟子。娟子的奶奶年龄大了,毕竟要拉扯嗷嗷待哺的孙子,她也没有精力关心娟子;娟子的爸爸好像永远有干不完的农活,也不大能注意到她。等到娟子上课时晕倒被同学们送回家时,娟子已经由感冒发展到肺炎、心肌炎了,乡卫生院让住院，娟子的爸没钱，也舍不得花钱，就开了点药拿回家吃，吃完药后娟子高烧退了，人好像精神了点；药停了，人又不好了，就这样反反复复了一个月。

一个寒冷的冬天的早上，十五六岁的娟子竟然再也没有醒来，追随她的母亲去了天堂。她是这样的微不足道，她没有去学校，没有几个老师同学能想起她；她的亲人永远那么忙，没有时间去为她伤心；只有弟弟妹妹们天天在哭着找姐姐。

娟子是这样的苦，原本太平的人世间却给了她太多的苦难，希望她在另一个世界里和妈妈能快乐一点、幸福一点。

我写下此文是想让人知道有个女孩名叫娟子，她憨厚、善良、勤劳、朴实，在她人生的花季悄然凋谢，这个世界她曾经来过。

你答应过要娶我

芳子是我的小学同学,她跟我身边的大多数同龄人一样,父母都是老实巴交的农民,有妹妹、弟弟,家里的收入全靠几亩地。芳子初中毕业就回家种地,这在20世纪的西北农村,已经算不错了。

芳子跟着妈妈干活,感觉比上学辛苦多了。一开春,清明前后,是西北农村最有生机的时节,碧绿的麦田里好像能听见麦苗拔节生长的声音;家家房前屋后,杏花烂漫,香气四溢。可芳子毫无赏春的心情,她得跟着爸爸妈妈种瓜点豆,父母俨然把她当成年人使唤,种玉米、麦地里除草、喂牛、喂猪,整天忙得就没有喘气的机会。

后来,芳子听同村的伙伴说镇上在招工,去南方摘菜。这是离家外出见世面的好机会,芳子能让父母同意她去,是因为包吃包住,每天还有30块钱的收入,而且只有三个月的工期。

从没出过门的芳子和她的小伙伴们开心极了。第一次坐火车，第一次整天闲着，什么事也不用做，他们喝着开水，吃着自带的干粮，就着咸菜，一路叽叽喳喳、嘻嘻哈哈。

他们基本都能扯上关系，或有共同认识的同学老师，或是哪门子亲戚，可聊的话题很多，他们无惧未来，对生活充满了希望。

目的地是一家榨菜加工厂，这群没有任何工作经验的半大孩子做最基本的工作，就是择菜、洗菜，每天工作10个小时。几十个人住一间大屋子，吃白米干饭、面条，但缺少自由——领队的为了保证他们的安全，不让他们随便外出。

如此工作条件，芳子却没有觉得苦和累，她是甜蜜的，她恋爱了。

强子住在芳子的邻村，都是知根知底一起长大的同学，小学同班，初中同级，只是上学期间男女同学不说话，没有任何交往。火车上，在强子给芳子递过那杯冒着热气的开水时，芳子就心动了。在家，都是妈妈给爸爸端水，爸爸还对妈妈吆三喝四，作为家里的老大，从她记事起，就没有得到过别人的照顾。妈妈忙农活、忙家务，还要拉扯芳子的妹妹弟弟，哪里还有心思管芳子呢！

尽管强子给周围好几个女孩都打了开水，芳子还是喜欢上了强子。强子长得很清秀，人还勤快，会照顾人，关键是不闷，会和人聊天。

水土不服，去工厂没几天，芳子就拉肚子了。

聪明伶俐的强子成了芳子的组长，顺理成章地陪芳子去看病，对芳子嘘寒问暖。

芳子病好了，给强子写了一张字条，塞给了强子。

强子：

　　谢谢你这几天对我的照顾，希望我们以后能一直相互照顾。

芳子

强子其实是个苦命的孩子，没妈的娃，看哥哥嫂嫂的脸色吃饭，所以从小学会了察言观色，学会了照顾别人，这在一群呆头呆脑的小男孩中，就脱颖而出了。他无意向芳子抛出的橄榄枝，芳子却以为是丘比特之箭，芳子的字条让强子受宠若惊，强子自然投桃报李，每天帮芳子打水打饭，由刚开始的偷偷摸摸到后来的公然牵手。

强子和芳子就这样相爱了，他们的爱情简单而快乐。青年男女的初恋，又在异地他乡，山盟海誓、谈婚论嫁，也就顺理成章了。他们甜甜蜜蜜地回家，强子把他和芳子恋爱的事告诉了父亲。父亲高兴得很："好得很！你娃有本事么，能找上人家女子。过几天让你表叔给你们提亲，我攒点钱，明年就给你们把婚结了。"

谁知这场提亲却成了芳子的劫。

强子的表叔带了烟酒和茶叶,去芳子家提亲,芳子爸当时就回绝了,嫌强子家里穷还没有妈。强子的表叔一听这就急了:"你嫌人家穷,你家女子不嫌就行。你问芳子去,两个娃在江苏打工时就好上了。"

芳子爸审问芳子,芳子也没有否认。芳子爸给了芳子一记耳光:"你给我丢人现眼!既然你愿意,给我10万元彩礼,就跟他走。"

芳子和强子再见面时,没有把委屈告诉强子,只说了彩礼的事情,两人都愁了。强子说:"那么多钱,去哪儿找啊!"

强子的爸一听:"抢银行啊!别人家女子一万就能娶进门,他家女子是金疙瘩?"

强子的哥哥嫂嫂也在一旁附和:"哪有那么高的彩礼啊,强子,你还是算了吧。"

收完麦子,强子决定外出打工挣钱。临走前,他约芳子去了一趟县城,给芳子买了一双红皮鞋:"芳子,你就先待在家里吧,等我出去落住脚了,就回来接你。我们一起挣钱,给你爸交彩礼,腊月咱们就结婚。"芳子说:"嗯,我等你的消息啊!"

强子给芳子写过几封信,说是还没有着落,后来就没了消息。

快过年了,芳子爸妈给芳子没有好脸色,骂她找的强子不靠谱，怎么就没了消息。其实10万元彩礼也是气话，想让强子再来找人说说。

芳子日渐憔悴，不停地打问强子的消息。

这天，芳子的小妹妹一回家就说："姐，我听说强子回来了！"小妹妹和强子的侄女是同学。

"真的？我怎么不知道！"

"强子老板的女儿看上了强子，他们是回来结婚的。"

芳子在离强子家不远处的路口等到了强子，强子用自行车载着一个女孩。强子让那女孩在一边等他，回头嗫嚅着对芳子说："芳子，对不起，小雨她爸不要彩礼。"

芳子颤抖着声音："你们什么时候办喜事？"

"腊月二十五。"

"好，我祝福你们。"

腊月二十五大清早，突然，一声接一声凄厉的哀号响彻寂静的小村庄，芳子的妈妈用架子车拉着芳子，芳子身上盖了一张脏兮兮的床单，床单盖住了芳子那张原本年轻的脸，只有一双穿着红皮鞋的脚耷拉在车尾，还有芳子的弟弟妹妹哭着跟在后面……

在家家户户喜气洋洋准备过年的鞭炮声中，在强子欢天喜地结婚的日子，芳子喝了农药，她妈妈把她拉到医院时，已经晚了。医生说，芳子的肚子里还有个六七个月大的孩子。

小镇女医生

小镇的街道，除了赶集的日子，大多数时间是寂静的。只有在小镇的小学上学、放学时，才有一丝生机。有孩子的地方，就不缺少闹声和笑声。

我上中学时，每天下午放学，总能在街上碰见一个中年女人，她在街边慢慢地走，面容冷峻，身影孤单。

她，留着齐耳的短发，永远穿着整齐干净的衣服，让她有别于小镇上做农活的劳动妇女。她有轮廓分明的脸庞，低垂着眼，只盯着前面的路，对周围的一切都是漠然的。

她是这个小镇医院的医生，这个叫荔堡的西北小镇，和20世纪中期中国的大多数小镇一样偏僻、落后，而她来自北京。

她到小镇医院工作了十几年后退休，仍然住在医院的单身宿舍里。她无儿无女、无亲无故，很少回北京，偶尔回去也是很快就回来。

她性格孤僻，很少与人打交道。在小镇人的眼里，她医术不行。她以前是做心脏外科手术的，可是在小镇医院，哪有什么心脏外科手术可做？于是，很多时候，她是闲坐的；退休了，更是孤寂。

我的家在镇子附近的村里，村里有个女孩，不够机灵，在多子女的家庭，父母顾不上管她，她在外自然受欺负。一天，街上几个男孩朝女孩吐口水、扔石头，女孩吓得哇哇大哭，女医生碰见了，呵斥了那些"坏孩子"，将女孩领回宿舍，给女孩洗脸梳头。女孩不傻，知道谁对她好。从此，女孩成了女医生家的常客，每次去都会有收获，几颗糖、一块花手帕。女孩管女医生叫奶奶，女医生笑呵呵地答应。

改革开放后，女医生离开了小镇。有人说她去了上海，有人说她去了美国。总之，从此没了她的消息。

父亲在恢复高考制度后考上当地的卫校，卫校里有个40出头的单身女老师，课讲得好，对学生也谦和，深受学生喜欢。

她美丽而优雅，来自北京。关于她的故事，学生也有耳闻。毕业于北京医科大学的她，有过一段美好的爱情，特殊的年代，阶级立场的矛盾，有情人没有成为眷属，恋人去了香港，她被下放到父亲曾经闹革命的地方，在偏僻小城，当了一名老师，从事病理研究的教学工作，投身平凡岗位。从此，偏居一隅，了断情缘。

当我了解了特殊年代的历史，才理解了故事中的女人为何要在花样年华来到大西北的穷乡僻壤,跟政治运动的中心北京相比,西北小镇无疑是最安全的,贫穷落后的地方,有淳朴的乡民。

小镇女医生也许也是在不得已中来到了这里,但她没有学会和小镇的同事打交道,没有敞开心扉去接纳小镇的人和事,也许她觉得自己内心的苦楚和孤独,封闭的小镇人根本理解不了。

她包裹住自己的内心世界,却没有封住那颗善良的心,她对小女孩的爱,就是最好的见证。

离开小镇的女医生,是否变得内心柔软,面露慈爱?

特殊的年代,看似柔弱的女人承受了苦痛却更坚强,她们遵从内心,用一生坚守爱情。

人生百年　恍如一梦

老雷是多年从事水管维修改造工作的师傅，他给我讲过这样一个故事：

一个老旧小区统一进行暖气改造，小区物业带着老雷去敲一家住户的门。门上厚厚的尘土，显示出这户好像是久已无人居住了，可是物业人员坚定地说，这里不是空置屋子，因为这是早期的单位福利房，每一户房子的流转都有详细登记，在寸土寸金的繁华闹市，这样的房子是有分量的，不可能空着。根据留下的住户电话信息，他们打电话，却关机。

信息中断，暖气改造是需要楼上楼下配合的，总不能破门而入吧？晚上，有人看到这家灯亮着。早上，老雷和物业人员就继续去敲门，终于有了扑沓扑沓的脚步声，里层的门开了一个缝，有一个人站在门口。老雷赶紧说："我们是换暖气管的，能让我们进去吗？"那人没有开口，过了一会儿，他开了门。

门一打开，一股腐臭味扑面而来，站在他们面前的是一个身高不足1米6的老人，稀疏花白的头发长长的，花白的胡子也很长了，房子里堆满了物品，没有下脚的地方。物业人员交代了老雷几句，赶紧跑了。

环顾四周，这哪里算个家啊，小小的客厅里堆满了各种杂物，塑料袋子、纸箱子、废铜烂铁，能叠的倒是叠得整整齐齐，码得高高的，齐着老人的肩。

老雷说："大爷，我要去你的卧室换暖气片。"

老人用沙哑的声音说："你换吧！"

走进卧室，也是如此，旧报纸、旧书籍堆满了屋子，留出一张单人床的空间，旁边桌子上的灰尘足足有两三毫米厚。这是个正常人吗？

老雷开始干活，老人站着看，老雷有点不自在，就没话找话聊天："大爷，你一个人住吗？"

"一个人。"

"你几个孩子？"

"两个女儿。"

在老雷有一搭没一搭的询问声中，在老雷多次出入做工的过程中，老人开始主动给老雷讲述他的人生。他已经80岁了，从国企退休，每个月有四五千元的退休金，基本生活没问题。年轻时离了婚，两个女儿都跟着妈妈走了。如今，只有小女儿隔一两个星期打个电话，大女儿和他从不联系。他现在腿疼，下楼不方便，十来天出门一次买点生活用品，多年不跟外界联系了。

老人神志清醒、思维清晰，是个正常人。可他为什么将自己的家变成了这样？他的家还不如大街上流浪汉的住处，臭气熏天，老鼠满屋子跑，邻居多次投诉，所以他轻易不开门，晚上经常不开灯，困了睡，饿了做点吃的。

老雷感慨不已，一个拿退休金的干部过的日子，不如我们下苦力的老农民，家不如狗窝。

听故事的我，也唏嘘不已。老人应该有过风光潇洒的年轻时光，但可能不是个尽职尽责的父亲，否则女儿不会这么无情，对他不管不问。垂垂老矣，他把自己封闭起来，也把自己当垃圾一样堆积起来。

人，在年轻时候，日子总是好过些；时光老去，身衰体病，自己做不了自己的主。等待死亡，自暴自弃的人生，是这位老人的选择。

我想到了张爱玲，张爱玲的老年也是孤独的。张爱玲一生都没有和母亲和解，她在自传体小说《小团圆》中写到，母亲临终想见一见她，但是她并没有赶去见母亲最后一面，只给母亲寄去了钱。殊不知，人老了，想花钱也没有能力了。

当年红透上海圈的张爱玲，也曾享誉华人圈。因为不幸福的原生家庭、不负责任的父母，张爱玲担心自己没有能力给孩子足够的幸福，所以她不生孩子。她在老年，孤身一人，将自己封闭在美国洛杉矶的一间出租屋里，直到房东来收房租时，才发现她已经死去多日。屋中，连一张床都没有，她躺在空旷的地板上，盖着一床薄毯子，离开了人世。

　　张爱玲看透了人生，也习惯了孤独。以她当时的声望，追捧她的人不少，不乏那些名流，完全能帮她度过富足热闹的晚年，但她最终选择了避世的方式结束了自己的一生。这样的选择是她最后的理智清醒还是最后的糊涂厌世，世人不得而知。

　　人生百年，恍如一梦。张爱玲说："生命是一袭华美的袍，长满了蚤子。"无论是谁，生前是华美还是落魄，其实结果都一样，但是尽量把活着时的生活打理好，才不枉来世一遭。

　　有人说，人在低谷时不要打扰任何人，才能维持最后的尊严。这句话衍生出来，那就是：人，在年老无力时，没有值得依靠的人时，独自等待死亡也是最后的体面。只是活着时，要努力生活，要在干净、整洁的环境里尽量有质量地活着。

一路听风

且听风吟鸟鸣
且看山高水长
路过的是风景
留下的是人生

风景这边独好

我的朋友蓉很喜欢沙漠,那年她带儿子去宁夏沙坡头看沙漠,我笑她,沙漠有什么好看的?她没有给我解释。她很喜欢沙漠,后来为此还去了迪拜,我心有不屑。

办公室新来的同事小清,也很喜欢沙漠,她说她喜欢夏天踩在沙子上的那种松软和烫暖的感觉;她喜欢"大漠孤烟直"的荒凉感;她将来要徒步沙漠,体验电影中那些人行走在沙漠中,处在干渴、劳累到临界点的状态。沙漠在她眼中是稀世美景。我愕然。

我说我喜欢满眼的绿,喜欢鲜花盛开,喜欢飞流瀑布,喜欢流水潺潺,喜欢《醉翁亭记》中那种山、水、树、人和谐相处的意境。当我第一次走进九寨沟时,那种美景震撼了我,大自然怎么会有那么绿的山,那么清澈的水,那么粗壮的树?还有那漫山遍野的花,明媚的阳光照耀着如画的美景,让我恍惚,我真的以为自己在做梦。

小清却笑了,她说那有什么好看的,她的老家到处都是这样的美景。她生在大山的怀抱——湖北十堰的小山村,四面环山,绿树绕屋,山泉飞瀑皆是天成。春天,山上处处都是野百合、红杜鹃;夏天,深绿幽蓝的河湾就是孩子们天然的游泳池;秋天,深山里的蘑菇、板栗、野果怎么捡也捡不完。山中清泉潺潺,一根竹竿就是一根自来水管,能将山上的泉水引到自家门前。早上,鸟鸣和林间的阳光伴她晨起;夜晚,窸窸窣窣的虫鸣和潺潺的溪水声为她催眠。她的童年就是在这样的大山中度过的,青山绿水陪伴她长大,她一点也不稀罕我眼中的美景。

小清的一番话让我理解了喜欢沙漠的蓉。我知道,蓉从小生活在四川阆中的大山里,和小清的成长环境相似。因为她们从小就看惯了青山绿水,她们希望看到自己没有体验过的生活环境,所以她们都喜欢沙漠。

我生活在大西北的陇东地区,那里的春天很美,绿色的麦田郁郁葱葱,粉红的杏花漫山遍野;夏天就是风吹麦浪,大地一片金灿灿;秋天是由玉米、高粱织就的青纱帐。但是家乡的冬天很长,家乡的冬天也很荒凉,并且家乡一年四季都缺水,听不到流水声,看不到清泉。小时候,我和妹妹为了从深沟里抬上一桶清水,得花上3个小时。一路颠簸,一路洒,到家的时候只剩下半桶水,那点水不够现在的人洗一次脸。

我上小学时,值日生都是要去沟里抬水的,用来打扫教室,给老师们做饭。上高中住校,第一个星期我很少喝水,因为学校供应的开水、冷水都是有限的,刚到一个陌生环境,我根本不敢去"抢水"。

所以我是如此喜欢清澈的水。对水的珍惜和喜爱贯穿了我关于老家的所有记忆，这是小清体会不到的。到现在，我也见不得水龙头在无人用水时还哗哗地流水，见不得身边人浪费水，那不关乎钱，是因为我懂得珍惜。所以我喜欢小桥流水的风景，喜欢青山绿水的大自然美景。

从小在陕南汉江边长大的同事娟听了我的讲述，她又有不同的体会。在她的记忆中，水好像就是灾难的象征，因为汉江年年会发大水，年年会有人被淹死，那种哭天号地的情景给她的童年留下了不好的记忆。她不喜欢水，在她的记忆中，水是可以随便用，取之不尽、用之不竭的，她们小时候洗衣服，随便揉搓后，就让哗哗的流水一直冲，直至没有泡沫了再将水龙头关上。

原来每个人的成长环境不同，喜欢的风景也就不同，这都是源于自身的一种心理体验。成长在海边的人，也许向往大山的高峻崎岖；成长在大草原的人，也许更向往大海的波澜壮阔；而生长在荒漠的人，对青山绿水更情有独钟。

村上春树说，每个人都有属于自己的一片森林，也许我们从来不曾去过，但它一直在那里，总会在那里。

是的，每个人的内心都有属于自己的一片风景，也都自始至终固守着内心的城池风景，所以这才有了蓉对沙漠的执着，就如同我对绿树和清泉的偏爱一样。

一座来了就不想走的城市

有机会能去昆明,这对我来说是一件幸事。

对昆明的向往,源于课文《昆明的雨》,汪曾祺细腻的文笔将昆明雨季的明亮、丰满、动情写活了,特别是那句"在仙人掌上扎一个洞,用麻线穿了,挂在钉子上",仙人掌能开花的画面印入我的心中。

1999年的夏天,昆明举办世界园艺博览会,单位组织旅游,我有机会,却没有成行——儿子不到3岁,没人照看;自己身体也不好,病恹恹的,没有多余的精力游玩。

生活总是鸡零狗碎的,一晃21年过去了,这才第一次来到昆明。一出机场,就觉得自己喜欢上了这座城市。盛夏,那种空气的清凉,让我闻到了家乡的味道。

老家陇东地区离我现在生活的西安城并不远,但在夏天,和西安却是两个世界。记忆中的老家,夏天,并不热,太阳很毒,但吹来的风是凉爽的,只有干农活的时候才汗流浃背,其余时间不会感觉到热，住在窑洞里，晚上照例是要烧炕，要盖厚被子的。

昆明夏季的凉爽，不同于久居的西安，这让我来了就不想走。

来云南旅游的人，大多是奔着昆明、丽江、西双版纳、大理等旅游景区来的。我却觉得，待在昆明就足够了，1992年建成的云南民族村装进了整个云南。

云南民族村里的每一个角落都能自成一景。即使没有进入景区，单是一排排门店就已经烙上了云南的符号。店门口别致的花盆里肆意生长的多肉植物，印证了散文《昆明的雨》中讲的，只有光照充足、空气湿润的昆明才让多肉植物长得这样欢实；店里精致的衣服、帽子、腰鼓、竹篓……都带着云南特色；当然还有鲜花饼、咖啡、茶叶这样的云南特色食品，不带走一点连自己都会过意不去。

民族村的景区内主要展示云南26个少数民族的生活场景。园内，有山有水，每一处建筑都掩映在枝繁叶茂的树林中，每一处都极具独特的民族气息，每一处都精雕细琢，每一处都有着古朴的艺术美，大到各自治州的代表建筑微缩版，如大理的"三塔"，小到房间里的被褥陈设、廊檐下的柴火堆放，无不处处体现着细节美。在我眼里，这些建筑都是高于真实生活的艺术品。在民族村里我也看见了屋顶上的仙人掌。

从白族、壮族、傣族、苗族、拉祜族、怒族到蒙古族、藏族……民族村内26个少数民族的庭院一个也不少，其实要是慢慢看，民族村一天根本看不完。当然，如果走马观花，坐着电瓶车遛一圈，那两小时足够了。时间赶得巧，运气足够好，还能看上几场免费的民族舞蹈表演，哈尼族青年男女的对歌演唱就让我领略到了少数民族歌舞的神韵：蓝天白云下，层层的梯田，即将成熟的稻子，盛装的哈尼族青年将辛勤的劳作赋予了舞蹈的美感，和着嘹亮的歌声，游客置身其中，会以为自己穿越到了哈尼寨子，忘了这是一场表演。

虽说昆明的云南民族村是云南的缩影，看昆明就是看云南，但我觉得这并不能代表昆明。

在我眼中，最能代表昆明的不是云南民族村、昆明世博园、斗南花卉市场，这些毕竟是人造的，就像是一种刻意的"人设"，代表昆明优美山水特点的应该是滇池海埂公园和西山森林公园。

西山脚下是滇池，登上西山，站在龙门景点，能够俯瞰滇池和整个昆明城；站在滇池边眺望西山，西山就变成了睡美人。

仁者乐山，智者乐水。在昆明，这山、这水如此和谐地融为一体。单就"滇池"这个名字，我就想，昆明人有多仁、多智、多谦虚，把海一样广的湖竟然叫作"池"，"池"让人想到的是池塘、水池，是装蝌蚪、青蛙的地方。而滇池却是如此浩荡，有风的时候,岸边的浪就有一米高,是足以承载鲲鹏的海。

盛夏,海埂公园真是一个好去处,坐在僻静的地方,吹着昆明凉爽的风,看蓝天上流动的云朵,看静默的翠绿西山,看浩渺澄碧的滇池,看来来去去的游船,放空自己,会感觉到人的渺小,生命的真实,自然的美好。

这里有独处的静,当然也有烟火味的闹:云南特色小吃店、孩子们的游乐场、载着观光客的飞机、连接滇池和西山的空中索道、流浪歌手专注的演唱、围着游人觅食的鸽子……每年11月,从西伯利亚飞来的成群的红嘴鸥是滇池边独有的风景线……喧闹才能让人感受到生活的本真,才是活着的滋味。

滇池的海埂公园免费开放,是所有人的避暑胜地,这是大自然最无私的馈赠,有钱没钱都能够享受到夏季的凉爽和滇池的美。

如果说灵动的滇池是昆明的灵魂的话,那连绵的西山一定代表了昆明的精气神。

西山也叫"碧鸡山",相传古代,在西山有凤凰停歇,看见的人不认识,称凤凰为"碧鸡",才得此名。西山森林茂密,花草繁盛,清幽秀美,修建于清代乾隆年间的龙门石道,据说历时14年才完成,这里有云南最大、最精美的道教石窟。昆明有"不要西山等于不到昆明,不到龙门只是白跑一趟西山"的说法。

西山也是当地人饭后运动的好去处，薄暮时分，游人散去，山林寂静，工作了一天的昆明人才开始结伴上山。我刚好也小住于西山脚下，晚饭后去登西山，身边的大人、孩子个个健步疾走，山路时而幽暗，时而月上梢头，灯光璀璨的昆明、碧波浩渺的滇池随着山路回转，时隐时现，跟白天的景象截然不同，充满了神秘与未知。这也许才是我眼中真正的西山吧！毕竟我是匆匆过客，我所知道的西山太少了。

　　白天的滇池一览无余，晚上的西山幽暗神秘，这就是昆明！她以独特的魅力吸引着每一个来到这个城市的游人。

　　昆明，是"明亮的、丰满的，使人动情的"，是我喜欢的城市，来了就不想走，但不得不走，毕竟我只是个路人而已！

最美四季

　　阖家团圆的春节，拉开了新一年的序幕，时间好像归零，岁月重新计数，新一年的四季轮回开始了。大自然又在以自己的方式，徐徐打开一幅幅情意融融、让人流连忘返的美丽画卷，"春有百花秋有月，夏有凉风冬有雪"，四季之美，从不重复。

　　我常常会在春天想象一年的美景。我心中勾勒的四季图，鲜活、充满诗意。根据想象，我再追随四季的脚步，去探寻大自然的风景，让四季的变幻照亮我的每一天。

春

　　春天是播种希望的季节，万物复苏，鲜花盛开，是人们看到的景象。"阳春布德泽，万物生光辉"，春天赋予万物生命的奇迹。

　　于是，我的心中珍藏着一幅春天的图画，它属于一对耄耋之年的老人。他们的身体像耗尽了油的灯，已经脆弱得不堪一击，整个冬天都蜷缩在家里。春天来了，暖洋洋的太阳照亮了他们。于是他们相扶相携来到楼下的小公园，在明媚的阳光下感受春天的温暖。他们静静地坐在椅子上，看着碧绿的草地上一群半大的孩子踢足球，望着孩子们活力四射的身影，他们的脸上平静中有欣喜，他们不再企羡青春年少，有的只是对命运之神的感激，感激生命的美好，他们的生命又延长了一岁。

这时候，天上高高飘荡的风筝引来了孩子们的欢呼，老人将视线伸向了遥远的天空，那么平静，那么祥和。

夏

夏天属于青年。酷热的夏天，是花季少女们的世界，一个个跃动的身影掠过人们的视线：马尾梳得高高的，脸上洋溢着灿烂的笑容，身穿吊带短裙，尽情展示她们健美的身姿。吃着冰激凌，哼着流行歌曲，三五成群，无拘无束地嬉闹着。她们响亮的笑声，飘过大街，流进小巷。她们构成了夏天独有的风景，像骄阳一样的青春和热情、快乐和美丽。

夏天也属于身强力壮的小伙儿，打麦场上突突叫的拖拉机，晚风里木锨高高扬起的麦粒，电闪雷鸣时分秒必争的抢收，颗粒归仓后的喜悦，都是用力量在和时间赛跑。黝黑的脸庞，晶莹的汗水，是夏的印记。

秋

"落霞与孤鹜齐飞，秋水共长天一色"，每当枫叶红了的时候，每当秋风飒飒响起的时候，诗人们开始赞美一个收获的季节——秋天，瓜果飘香，硕果累累。但我的心中却总是觉得秋天属于一个女人，一个成熟的、善感的女人。这样的镜头一直定格在我的脑海中。

那是一个浪漫的画面：金黄的落叶铺满宽阔的人行道，两旁的行道树高大而挺拔，一个身材修长的女子，身着银色的长风衣，淡蓝色的丝巾随风飘动，高跟鞋有节奏地踩在厚厚的落叶上，融入周围宁静而恬淡的环境中。她长长的披肩发虽然有些凌乱，但丝毫无损她飘逸的倩影，反而显得更自然、随意。

她眉清目秀，略施脂粉，从她的眼中能读出女人的温和与雅致、慈爱与宽容，沉郁但不哀怨，平静而不呆板。她的心中是对季节的感悟，是回忆与眷恋，正像果实对春花的回忆，落叶对大树的眷恋。她也许在回忆少女时代的无忧无虑，留恋一去不复返的同学少年。嘴角不时漾起一丝甜蜜的笑意，然后甩了一下头发，加快了脚步。我想那一定是回家的方向，等待她的是丈夫关切的目光和孩子甜甜的呼唤。

她就像秋天一样成熟与美好，是那么有韵味。

冬

北方的冬天没有雪便失去了冬的色彩。白雪皑皑,银装素裹才是冬的本来面目。这样的美景,是属于孩子们的。

窗外飘洒的雪花让屋子里的孩子欢呼雀跃,他们不怕冷。操场上、公园里、空旷的雪地上,到处是他们追逐打闹的身影,一个个脸膛红彤彤的。滚雪球、打雪仗、堆雪人,带给他们无尽的快乐和激情的释放。嬉闹声、尖叫声,给雪落无声的世界增添了勃勃生机。这是严冬中蕴积的力量与热情,是飘飘洒洒的雪带给世界的清纯与晶莹,也带给人们别样的冬趣。

天气越是寒冷,人就越要增添一点暖意。一家人终于可以闲下来,或坐在热炕头聊家常,静闻雪落;或邀请三五亲朋好友,围炉闲话,温酒煮茶,享一年的惬意。寒冷的冬天,纵然冰天雪地,有家,就依然能活得热气腾腾。

世上的风景万千,而心中的风景独存。四季随着大自然的画卷如电影镜头般从我心中掠过。原来,那一幕幕永存的人生四季图,才是独属于我的四季之美。

光阴在四季里轮回,生命在岁月中书写,一眨眼就是一个季节,一转身就是一辈子,唯有好好珍惜,才不负四季,不负人生。

美丽的九寨沟

九寨沟，一个五彩斑斓、绚丽多姿的世外桃源，一个原始古朴、神奇梦幻的人间仙境，一个不染纤尘、纯洁无瑕的"童话世界"。她用翠海、飞瀑、彩林、雪峰的四季韵味向世人展示着大自然的神奇美丽。

我有幸于2002年的夏天走进九寨沟，用一天时间，仓促观瞻了她的娇颜。看到了茂盛树木守护着的海子，欢快流水梳理着的树枝与水草，这是一个让人想永远留下来的地方。

九寨沟山绿、树多，有种子撒落的地方就有树，石头上长树，水里也长树，树这么多，九寨沟人还爱惜树，舍不得砍掉栈道上的树，工人师傅会给步道上的木板掏个窟窿，让树干穿越栈道继续生长。

置身林间，就好像进入了一个巨大的天然氧吧，这个绿色的魔法世界，和童话《魔法师的帽子》中的场景非常相符：木民妈妈无意中把一团粉红色植物扔进了魔法师的帽子，帽子里的植物就开始疯长，满房间都是小花，床边都是鲜花织成的帘子，门上全爬满了藤，长满树木的阳台、客厅成了一片大森林。我怀疑九寨沟就是魔法师变出来的。

乘车上山时，放眼望去，苍苍莽莽的原始森林，呈现出种种奇丽风采。特别是那种层层叠叠的绿：草坡的黄绿、新生树苗的嫩绿、百年老树的墨绿，与湛蓝的天空、洁白的云彩一起倒映在清澈的海子里，一幅幅绝妙的山水风景画就在眼前不停地闪过。

沿人行栈道拾级而上时，又会惊叹于那一棵棵松树的奇妙与顽强，惊叹于那一丛丛沙棘的繁茂与坚韧。九寨沟的松树个个像哨兵，无须人工修剪，自无旁枝。有的树粗细高矮一样，两棵并肩生长，这样的树我叫它"兄弟树"；有的树一株粗一株细，紧紧挨在一起，这样的树我叫它"母子树"；有的树生长在石头上，让人无法想象它是怎样穿过石块而长成参天大树的，我叫它"硬汉树"。在海拔3000多米的长海边，有一株10米高的松树，笔直、挺拔，它穿岩石而出，一部分是悬空的，一部分扎根于岩石之中，一边的枝叶已干枯，另一边的枝叶仍在生长，这是多么顽强的生命力啊！走着走着，感觉自己已经渐渐地与茂密的原始森林融为一体了。脚下踩着一层层木台阶，鼻子嗅着芬芳潮湿的空气，耳边听着松涛与鸟语，身上拂着野林山风，眼中看着林木葱郁，生命的盎然与活力自然注入体内。

有山便有水，九寨沟的海子是她的灵魂。海子就是散落在九寨沟内的大小湖泊。关于九寨沟的海子，有一个美丽的传说：很久以前，有一个男山神达戈和女山神沃洛色嫫热烈相恋，他们爱上了九寨沟的山高林密、鸟兽和谐，决定留在这里。不料被潜入这里的蛇魔扎发现，蛇魔扎惊慕色嫫的美色，又不愿意让达戈进沟，就发起了赶走达戈、抢夺色嫫的战争。恶战中，色嫫险些被蛇魔抢走，色嫫在慌乱中把达戈送给她的定情之物——风云宝镜掉落下来，摔成了一百多个碎片，变成了散布沟内的一百多个海子。

　　虽然达戈英勇，但蛇魔扎也不弱，双方从沟内打到沟口，仍然难分胜负。这时万山之祖扎依扎嘎伸出了援助之手，以一座屏风似的山崖挡住了蛇魔退路，又以一道霹雳将蛇魔埋进山崖，只露出蛇魔扎一张丑恶的脸。山崖就是宝镜岩，又叫"魔鬼岩"，崖面上的"鬼脸"依稀可见。

　　从此，九寨沟恢复了宁静和祥和，更因为一百多个宝镜碎片变成了五光十色的海子而美丽无比。山神达戈和色嫫在这里长住下来，成了神奇九寨的保护神。

　　九寨沟的海子可谓冰清玉洁、清亮可鉴。最令人叹服的是五彩池，它蓝得发亮，还有一道红色、一道褐色、一道黄色夹杂其中，因而取名五彩池。日则沟内的五花海更壮观，从山上俯视，会发现五花海恰似一个倒放的彩色大葫芦向山下倾注着永不止息的彩色水，还能看到葫芦腹部一处鹿腿形的图案，传说这是山神撑山时，一头受惊的梅花鹿不小心丢下的。

海子、瀑布、溪流、河滩、幽泉，是九寨沟风光的独到之处。

九寨沟的瀑布群，其实就像一条条小河流，以不同的流动方式汇合成溪流、河滩。珍珠滩瀑布从珍珠滩的灌木丛中穿过，虽没有李白笔下"飞流直下三千尺"的壮观，却有嫦娥奔月般的飘逸，珍珠帘般悬挂于半山腰。宽度居全国之首的诺日朗瀑布，是拍照打卡之地。熊猫瀑布如一条宽大白练飞奔而下，声势浩大，给寂静的山谷带来活力与喧腾。瀑布大都从山岩上腾越而下、呼啸而来，几经跌宕，有的似银龙飞舞，声像滚雷；有的温和迷人，溅起无数小水珠，化作迷茫的水雾。

夏日的九寨沟，以浓墨重彩的夏日风光和怡人的清新凉爽展现着童话世界的夏日神韵。森林的茂盛与生机，海子浓淡相宜的色彩，银帘般的瀑布，书写着四季中最为恣意的激情。此时此刻，天是蓝的，树是绿的，海子是斑斓的，心情是自由和舒服的……斑驳的光影下，鸣蝉、鲜花点缀其中，让人有些迷离，仿佛置身仙境里，不禁想起那句"有路天堂通九寨，此中仙境任盘旋"，此话当真！

最遥远的旅途

2008年寒假，带儿子去福建探亲。

我的老家在陇东，随爱人定居豫西焦作，爱人辗转祖国四方，修路建桥也造房子，一年到头回不了几次家。他在闽东一个叫福鼎的地方修路，父母随弟弟定居厦门多年，那年我们打算在福建过年。

腊月二十三，儿子和我都放假了，乘大巴车从河南焦作出发，途经山东菏泽，一路辗转，跨越了半个江南。

年轻胆大，根本没考虑天气情况，也没考虑安全因素，带着12岁的儿子仓促出发了。

出发时，焦作天阴无雪，在安徽来安这个小镇，遭遇雪灾，大巴车停在路上十几个小时。

当时看着窗外茫茫大雪，心中有些害怕和后悔。可是，车上的人却很平静，该吃的吃、该喝的喝，谈笑自如。

引人注目的是一对小夫妻，他们好像是初次出门，特别兴奋，说个不停，看着窗外，还操心别的车走得怎样，看路人趔趄的样子，哈哈笑个不停。车里暖气很足，大家都是一副处之泰然的样子。

我想着急也没有用，何必呢？静下心来，和儿子玩随身带的扑克，讲故事、猜谜语。不知不觉中，车子又前行了。

到南京时，高速公路封闭，大巴穿过市区就用了近4个小时。那是南京雪下得最大的时候，飞舞的雪花，把南京市装点得很壮美。南方的雪好像和北方的雪不同，看到白雪覆盖的南京城，我自然想起张岱的《湖心亭看雪》中的句子"雾凇沆砀，天与云与山与水，上下一白"。这样的雪景确实不同于北方的景致，那雪是松软的，感觉是蓬松地覆盖在物体上，好像让人不忍去碰。而鲁迅先生笔下的北方雪是在纷飞之后，却永远如粉、如沙，决不粘连。

雪落无声，感觉整个世界都很寂静，无论是车子还是行人都在小心翼翼地走，人们在大雪中放慢了脚步。

到杭州已是半夜时分，虽然飘着雪花，但路面已然没了积雪，街道上很寂静，车速加快了，我才放心地睡去。

到浙江温州，天空中只有蒙蒙细雨，看起来是另一片天空了，爱人和同事开车来温州接我们，我的心一下子就踏实了。

小城福鼎市区三面丘陵，东临大海，一条清澈的小河穿城而过，湛蓝的天空，翠绿的小山丘，不同于北方冬天的萧条荒凉，舒适而温暖。

最亮丽的风景是河边的浣衣者。按说现在家家都有洗衣机，但是这里的妇女无论刮风下雨，天天都在河边洗衣，穿着雨鞋，提着篮子，大到窗帘、床单，小到袜子、毛巾，都会拿来洗。

在腊月二十八这天，阳光明媚，小城的街上到处是晾晒的衣服，桥头、栏杆、路边的防护栏，把整个小城装点得五颜六色。我们一家三口去爬附近的小山，苍翠山峰有红叶点缀，寺院内香烟缭绕，钟磬余音久久不绝。"曲径通幽处，禅房花木深。山光悦鸟性，潭影空人心。万籁此都寂，但余钟磬音。"古人的感受和今天的我也是相通的。

年，是在工地度过的，三四十人的团圆饭，足够热闹。

正月初四，我们一家去厦门，车子沿着海边公路一路绕行。到达时已经灯火阑珊，弟弟来接，家里父母早已翘首等待，迎接我们的是热腾腾的饭菜，一家人围坐在一起，温暖、惬意，顿扫路途疲惫。

厦门是座花园式的旅游城市，空气清新，洁净美丽。但我总觉得有些拥挤，简直要挤爆了。拔地而起的高楼，好像没有空隙，本来就不宽的马路上还架起了一层甚至两层的高架桥，汽车穿梭，公交车也是飞速地跑，到处是商场店铺，外来人口的剧增使城市显得更加狭小，和北方宽阔的四车道、八车道的马路比，有些局促。冬天的厦门，对北方人来说是最美的季节，花红叶绿,温暖如春。

　　一年一度的灯展,让我大饱眼福。白鹭洲公园装点得亮丽如白昼。彩灯造型各异,有月宫的嫦娥玉兔,有当地的神医,还有奥运题材的福娃,色彩鲜艳,有的高达数十米,也有的如孩童般矮小,不一而足,上百座灯饰,倒映在波光粼粼的筼筜湖,连同如织的游人、朗朗的笑声,有天上人间之美,一派盛世祥和的夜景图。

　　爱人是第一次来厦门,第二天我们两人登上鼓浪屿,以前每次来带着小孩都停留在海底公园这样的景区,这次我俩远离尘嚣,漫步小岛,悉数游览鼓浪屿的景致。鼓浪屿不大,四面环海,随处走走都可以到达海滨,而每一处海滨的广阔都与岛上街道与红房子的局促形成鲜明对比,这里将窄小和广袤有机结合起来。没有机动车的噪声和飞身而过的速度,在时远时近的琴声音乐中有散步的从容,这种娴静悠然的生活状态是鼓浪屿独有的。

　　正月十三,我们从厦门返焦,火车途经江西的鹰潭、湖北的武汉、河南的信阳,到郑州时已经半夜了。要说在交通工具中我最喜欢的还是火车,我的时间没有那么紧张,虽说比飞机慢点,但有个卧铺也不累。因为时间充裕,在火车上还能交到一些陌生的朋友。

　　和我卧铺靠近的是几个在武汉求学的大学生,岁月已逝,他们已经亲切地称呼我为阿姨了。旅途的无聊，空间的狭小，让大家走得很近，儿子也和他们熟悉了。

他们在谈论一个高中英语老师，说那个老师曾经是外交官，在同学们面前吹嘘他的英语有多好，但是他们班上的英语成绩却总是倒数第一，言下之意，这几个同学认为老师能力不怎么样。我就在旁边窃笑，看来衡量老师的水平还得是考试成绩，其他都是次要的。其中一个女生已经通过了托福考试，不久要去澳洲留学，她希望和欧洲的学生同宿舍，这样口语会提高得更快点。看来这几个孩子是名副其实的"别人家的孩子"。他们生活的家庭应该都很好，是城市富裕家庭的80后，不用为生计发愁，勤学刻苦，对自己要求很高，令我刮目相看。下车时，儿子还帮他们拿行李，他们和儿子像朋友那样热情地道别。

到家时，正好是元宵节，家属院内放烟花，璀璨夺目的烟花，点亮夜空。这个年过完了，这一趟旅行，有风景也有风险，虽远，但收获满满。

这是我多年以来最遥远的旅途，也是过年难得和父母团聚的春节，过了最热闹的年。远嫁他乡的女儿，过年回娘家，是一种幸福。

最愉快的旅行

　　2016年国庆节,我想去儿子上大学的城市看看。大连,一个北方的海滨城市,对于大西北的人来说,是心怀向往的。

　　儿子高中三年,前一半在玩,后一半在学,前一半的玩使后一半的学习很吃力,高考成绩出来,勉强有大学上,选择了东北的大连。

　　高考结束,他愿意去饭店打工,在此认识了初中没有毕业的店员小张。小张告诉儿子,他曾经下煤窑挣了钱,给家里盖了房子后,才来饭店当服务员。小张人勤快又踏实,已经做到了主管,他非常羡慕儿子,有大学上,城里有家,有父母关心。这对儿子的触动很大,儿子觉得理所当然的生活,在小张眼里全是奢望。一个月后,儿子要上学去了,将家里的一套"四大名著"送给了小张。

　　短短的暑假,儿子因为小张有了明显的变化,上大学不要我和他爸送他去学校,我站在客厅门口看他出门,他爸爸送他到火车站，儿子独自一人买学生票从西安坐火车到郑州，再到大连。

去儿子的学校看看，成了我的心愿。儿子大二那年国庆节，我有机会去，妹妹自告奋勇陪我。我们分头出发，我从西安坐飞机，妹妹从北京出发，在大连机场会合。

这是一趟最愉快的旅行。有人说：跟一个人绝交的最好办法，就是和他去旅行。确实是这样，平时相处很愉快的两个人，在旅行中需要一直待在一起。意外情况下做决定就会有意见的分歧；消费观的差异会给对方造成负担；生活习惯的不同让两人24小时捆绑在一起肯定会不自在；本身旅途的疲累，有情绪甩脸色都会影响另一方的心情。所以结伴旅行最能考验旅伴的耐心和修养。很多相交多年的朋友，一趟旅行回来，甚至不相往来。

我和妹妹完全没有这些问题，平时不在一个城市生活，这次旅行既是聚会又是探亲。我们提前两天到大连，避开了国庆长假的拥挤。

当我们姐妹俩坐在海星公园海滨的长椅上，吹着凉爽的海风，看着波光粼粼的蓝色海面，远处的轮船缓缓驶过，汽笛的鸣响伴着海鸥的盘旋鸣叫，觉得时光静好，一切安然。我也曾去过厦门的海边，但总感觉是闷热而喧嚣的，大连的海边，让我更享受。

我比妹妹大一岁，从小我没有长姐的能力和担当，妹妹比我身体灵活、性格皮实。从小到大，个头有时候她比我高，有时候我比她高，不熟悉的人常常分不清谁是姐姐谁是妹妹。

我踢毽子不行、跳绳不行、抓子不行，村里小伙伴们游戏组队，我总是落单，反而是妹妹领我。妹妹会爬树，我不会，所以树上好吃的果子我自然吃不到，只能等妹妹分给我。干农活也不如妹妹，常常是她比我干得多。

小时候的妹妹也爱看书，初一时写的作文被老师表扬，村里的同学都说老师表扬妹妹，说她将来能当作家。后来因为英语跟不上，被老师惩罚打骂，她就此不愿上学，辍学回家。父母动员妹妹，让她继续去学校，用妹妹后来的话说，没有强求她。确实是这样，三个孩子同时上学，负担重，父亲觉得谁愿意上谁上，谁能上谁上，父母尽到责任，将来不要抱怨父母就好。

妹妹早早辍学，姐弟三人中，她是为家庭贡献最大的。这点，我和弟弟都记着，我能成为村里的第一个女大学生，弟弟成为村里第一个重点大学的大学生，都有妹妹的功劳。后来，父亲也为此常常遗憾。好在妹妹有福气，朴实憨厚，做了贤良、勤劳的家庭主妇，日子过得也好，家庭和睦，儿女双全，经济状况比我还好。家人都不用牵挂她，倒是她出手大方，对亲朋好友多有资助。

这次旅行，我终于当了一次名副其实的姐姐，我说去哪儿就去哪儿，我不敢玩的项目，妹妹会动员我。我们没有 AA 制，但是都尽量不让对方多花钱。我们享受阳光、海滩、海浪的美景，也品尝大连街头的海鲜和小吃，摆脱家务、孩子的羁绊，彻底放松，享受自由和美景，我们是如此快乐。

我天性胆小，拒绝冲浪，妹妹极力坚持，游艇带我们冲出海岸好远，浪花打湿了衣衫，我们放声惊叫，好像回到了童年，留下了难得的照片。

海星公园旁的大连圣亚海洋世界，是大连旅游打卡地。圣亚海洋世界在国内算规模大、场景多、设施先进的海洋公园。这里拥有亚洲最长的海底透明隧道，走在通道里，四面被海水包围，各种颜色和形状的鱼儿在身边成群结队地游过，引起游人一阵阵惊叫。

琳琅满目的珊瑚世界，同样让人眼花缭乱，小到指甲盖大的，大到蒲扇一样大的珊瑚，形状也是千奇百怪，颜色艳丽无比。

和我去过的厦门海洋公园一样，最吸引人的是海洋动物表演，海狮、海象、海豚表演，但大连的海洋动物表演有故事性，更像一场情景剧，美人鱼的故事挺感人的，也更具有观赏性。

极地馆里别有洞天，冰天雪地里，一群群企鹅宝宝太可爱了，或仰着头在企盼，或缩着头在静卧，或张开翅膀在蹒跚，非常有趣。还有笨重的北极熊在慢慢爬行。

海底世界如此丰富、艳丽、美好，童话故事中美人鱼的故事也许真的有吧，童话中调皮的水孩子那么喜爱大海，一定是因为大海的美丽！

圣亚海洋世界和附近的景点老虎滩应该是孩子们的世界，大人都是越活越无趣了，所以我们没有去老虎滩。

女人天生爱逛街，到了大连当然要去市区逛逛了。大连给我的整体印象就是干净，走在每一条街上，都是清清爽爽。乘车路过，感觉大连的广场很多，后来看资料，大连果然是我国广场最多的城市，数量多达100多个，其中的星海广场，是大连市的标志之一，也是亚洲最大的广场。

俄罗斯风情街，是大连比较有名的一条步行街，自然要去看看。街道全长只有500米，大大小小的店铺就有近百家。整条街坐落着参差不齐的尖式、塔式阁楼独户，大多数都新崭崭的，一股浓浓的俄罗斯风，对于没有去过欧洲的我，有种身在异国的感觉。但那只是一瞬间，毕竟街上热情的老板是正宗的东北口音，身旁的人都说中国话。

位于胜利街街口的大连艺术展览馆原建筑始建于1902年，曾经是白俄罗斯驻大连地区行政署旧址，典型的尖顶哥特式建筑风格。在街道的尽头有一座建筑，和周围的建筑有些不协调，锈迹斑驳的铁门、剥落的墙皮，显得老旧。它是大连自然博物馆旧址，见证着大连的城市变迁，是俄罗斯风情街上真正的百年历史建筑，建于1898年。曾经的红砖、绿瓦，现在已经风烛残年，反而更具有年代感，是新时代大连发展的最好陪衬和见证。

儿子放假了，才来接我们，见到小姨，一米八几的小伙子还有些羞涩，毕竟我们打出的旗号是专门看他。儿子的学校在旅顺口区，他做向导，带我们先去他学校看看，再去周边的景点。

旅顺口区，本身是一个值得游览和凭吊的地方。"一山担两海，一港写春秋，一个旅顺口，半部近代史"，是旅顺口的写照。1894年的中日甲午战争、1904年的日俄战争，都曾发生在这里，1955年才由苏军交还中国人民解放军旅顺海军基地。这里保留了很多战争遗迹，从而使旅顺成为中国乃至世界近代史上的露天博物馆。

旅顺口的军港公园东面入口处，有一座近3米高的汉白玉石雕"军港之夜"，是一名少女在银色月光下拨动琴弦，自然让人联想起"军港的夜啊静悄悄，海浪把战舰轻轻地摇"这句歌词，静悄悄的军港、蔚蓝色的大海记录了年轻的战士献身国防、保家卫国的青春身影。公园西侧有一尊名为"醒狮"的青铜塑像，它是旅顺口的标志，取意于旅顺口元代时的名字"狮子口"，象征着祖国日益强大，如同睡狮猛醒。

站在军港公园，看着当年留下的大炮及历史资料，眺望远处的军舰和轮船，让人感慨万千。"以史为鉴，可以知兴替"，旅顺百年沧桑史告诉我们，落后就要挨打，能战方能止战。缅怀历史才知道今天的和平是多么不易，才知道祖国的强大对普通老百姓的意义，心中的自豪感油然而生。

儿子带我们去的下一站是大连黄渤海分界线风景区，被称为"东北天涯海角"，风景区内的"塔观双海"，为大连市八景之一。

黄渤海分界线位于老铁山脚下海域，老铁山海拔只有465.6米。我们轻松地走上来，站在老铁山最高点，举目南望，有一条黄蓝相间的弧线——东部黄海水是深蓝色，而西部渤海水却显得混浊，呈微黄色。由于潮流和海底地沟运动，加上两海各自不同的水色，形成了一条清晰的水线，泾渭分明。在我国沿海，仅此一条清晰可见的两海分界线。老铁山最高处，有个石碑写着"一山担两海"，"一山"是老铁山，"两海"是东部黄海和西部渤海。

沿着景区栈道下行，可以到达渡海英雄张健下水的地方。2000年的8月8日，北京体育大学老师张健，历时50小时22分钟，成功横渡渤海海峡，成为中国人的骄傲。看到介绍，我顿时对张健教授心怀敬意。

站在海边崖壁观景台，低头看崖下浪花冲岸，搏击礁石，飞起数米，远望海天一色，有诗咏叹："老铁山头入海深，黄海渤海自此分。西去急流如云涌，南来薄雾应风生。"

儿子身形矫健，是打篮球的体质，跑得快，一会儿就下到最低点，一会儿爬到最高处，我和妹妹始终同步。看来，有代沟的不仅是思想，还有体力。

　　大连之行，让我愉悦，访亲观景两不误。凉爽晴朗的天气，阳光明媚，海风轻拂，洁白的浪花、飞翔的海鸥、碧波荡漾的海面，给我留下了美好的记忆。

云水谣 茶乡的歌谣

有些地方，听过名字便遐思神往；有些地方，未见风景早已有了模样。云水谣，就是这样一个地方。

作为地道的北方人，我有些惧怕南方夏的闷热、冬的湿冷，而自动忽略了南方的美景，在朋友的邀请下才去了云水谣古镇，我感受到了福建茶乡的另一番美韵，不同于北方的广袤和壮美，是一种玲珑与秀气。

大巴一进入山区，眼前的景色让我恍惚，觉得自己曾经来过这里，我想那一定是在梦里，或者是在《梦里水乡》的歌声里。

历史悠久、风景秀美的古老村落，悠长的古道，千年老榕树，饱经风霜的土楼，绵延的茶园……是我一路看到的风景，简直就是一曲山水谣。

云水谣，一个小小的村落，地处闽西腹地深山中，几百年来养在深闺鲜为人知，后来因为一部在此取景的同名电影而声名鹊起。当地政府遂将原名"长教"的小镇改成了电影的名字。

在30多摄氏度的闷热里行走,大汗淋漓,心中不免焦躁起来。但是,一走到溪水边,走到那一棵棵巨大的榕树下,就好像走进了天然凉亭,便觉凉风拂面,慢慢地,心也静了下来。在榕树下歇息,望流水潺潺,沐清风徐徐,看白云悠悠,任凭思绪泛滥,呆坐良久,让时光静止,喧哗的游人好像不复存在,烦乱的心绪按下了暂停键。

沿溪水边一路前行,能看到很多老榕树,导游说这是由13棵百年甚至千年老榕树组成的榕树群,其中一棵老榕树树冠覆盖面积达1933平方米,树枝长达30多米,树干底端要十多个大人才能合抱,是目前福建省内已发现的最大的古榕树。

古榕树下的古道伸向远方,铺就的鹅卵石已经被踩磨得非常光滑,据导游讲,这是从前龙岩通往漳州府的必经之路。当地政府将古镇更名后,同时将村中这条长十余公里的古道正式命名为"云水谣古栈道"。

榕树是南方特有的树种,如同北方的白杨树,非常普遍。有许许多多的气根从枝条上垂挂下来,像丝线、像筷子、像手指、像手杖、像蛇、像大象的鼻子,粗粗细细、长长短短、曲曲弯弯,或疏或密。有的扎根地下,有的垂到地面,有的悬在半空。只有一种姿态,垂直向下,底端尖尖的,随时准备扎根大地。这是一种古树情韵,是对大地满怀的无限深情。

这些古老的榕树,虬曲盘旋、老态龙钟、盘根错节,一些枝杈下面，又有好几根树干撑持着。其实那不是树干，而是支柱根，像柱子一样的粗根，一开始，是从树枝上垂下来的气根，慢慢长长，扎入地下，又慢慢长粗，成为支柱，在支柱之上，又长出新的枝条，慢慢长成一棵棵看似独立却又和主树干相通的枝条。这些支柱根，让大榕树有了许多支撑点，这才可以吸取大地的营养，才使榕树长得郁郁葱葱，形成独木成林的奇观。

　　榕树边的小溪上，不仅仅有古朴的石桥，还有导游口中的石跳子桥，由一排石墩子间隔铺成。我想到了语文课文《搭石》中的情景："一行人走搭石的时候，动作是那么协调有序，前面的抬起脚来，后面的紧跟上去，嗒嗒的声音，像轻快的音乐；清波漾漾，人影绰绰，给人画一般的美感。"溪水流过石墩子，有小瀑布的情调哦！

　　沿古榕冠盖的河堤继续前行，过了石拱桥，水车嘎吱的声音吸引了游人的目光。流淌的溪水在此稍作停留，汇成了一汪浅浅的碧波，缓缓转动的水车，和蓝天白云一同倒映在碧水中，成了云水谣的灵魂。这高大的水车因电影取景的需要而建，倒是和古村的景色协调，使水色有了份灵动。溪畔有石阶径自通往悠悠的水车房。

　　如果是春天烟雨蒙蒙的时节，飘落的雨丝，嘎吱的水车，打着油纸伞的姑娘，风吹长发，走在小桥上，会有一个美好的故事，也许是姑娘在守候着一份牵肠挂肚的爱情吧！

被誉为世界文化遗产的土楼，有好几座分布在云水谣的小溪边。在夕阳的辉映下，土楼显得古朴而高大，有的从元朝中期就开始建造，目前保存完好，特别是和贵楼、怀远楼。

走进怀远楼，一种悠远古朴的文化气息扑面而来。怀远楼是双环圆形土楼，圆中有圆，风格别致，是中型圆土楼的代表，也是建筑工艺最精美、保护最好的双环圆形土楼。楼内各个房间大小差不多，每间屋子的窗户上还有精美的雕刻，雕刻图案也不同，有八仙过海、招财进宝……表现了劳动人民最朴素的美好愿望。

土楼建筑是古代劳动人民智慧的结晶，造型独特，有圆形、椭圆形、正方形、长方形，规模宏大，能容纳大家族几百口人，还具备抗震防匪功能，是结构奇巧的古代城堡。

一路上，导游再三强调不走回头路，我们跟着导游沿着溪水两岸走，一边来一边回。导游虽好，但总让我们去她的"亲戚"家坐坐，推销当地的特产，耽误了我赏景的时间。"亲戚"家的茶叶虽好，对于我这个不喝茶的人，每次拒绝起来实在有些为难。

离开的时候还是有些不尽兴。一天的时间毕竟有些仓促，要想得到最好的体会，应该是在此小住。

云水谣真是个美丽的地方，这里的山虽没有黄山的奇秀，水没有九寨沟的绚丽，却有着与世无争的淳朴与安然。

后来，我常常会想起云水谣：漫步在古老榕树下的鹅卵石古道上，穿行在土楼陈设古朴的房间里，静静地坐在老榕树下的石头上，看古榕树倒映在溪水之上，古老的石跳子桥如同琴键，水车的嘎吱作响是溪水跳跃扬起的音符。

云水谣，成了我心中永远的歌谣。

青海湖掠影

作为西北人，爱西北是骨子里的。爱西北的广袤，爱西北的高寒。

当车子行驶在祁连山脚下，沿着起伏蜿蜒的公路一路向西，跟我的家乡陇东原相比，跟我生活的关中平原相比，我才真正见识了青藏高原的辽阔。

这里的辽阔是有层次感的，一会儿是平展展的草地，一会儿是缓缓的草坡，一会儿是高高的山，一会儿是低低的丘陵，公路两旁视野开阔，一路下来，根本不会产生审美疲劳。

如此说来，去青海湖，不必驻足，只需在路上，一路的风光就足够人回味一辈子。

我们是下午5点从西宁出发，一路西行，直奔茶卡盐湖，沿着青海湖南岸，迎着夕阳前行。

沿着山脚下的公路蜿蜒前行，看到的都是草坡，"没有风吹草低见牛羊"的丰茂，但也是绿茵茵的，那是一种立体的绿，平缓的草坡,延伸到离天很近的地方。蓝天仿佛离地很近,好像站在高处,伸手便可扯下一团飘动的白云。成群的牛羊点缀其间,在蓝天白云下,成了独有的风景。用同行者的话说,这里的风景用手机随便一拍都足以做电脑的屏保。确实如此,这是一种很养眼的绿、很辽远的蓝,是让你的心儿随之驰骋的白。

沿途很少见到人,最多的是羊群,还有成群的马儿,它们才是草地的主人,甩着尾巴、悠闲吃草的神态让我羡慕,全然没有圈养的牛羊偶尔放牧时那种急行军般的狼狈吃相。圈养的牛羊有点像生活在大城市里的人,围堵在水泥墙里,看到高原的美景,有些看不够。

牛羊有悠闲吃草的,也有静卧沉思的,伴有小羊羔、小马驹的嬉戏玩闹,旁若无人。山坡上偶尔也会出现几十头黑色的牦牛,和着白色的羊群,黑白相间,在绿毯似的山坡上移动,不但美,而且和谐。

路上,风儿送来的油菜花香,沁人心脾。湖边金黄金黄的油菜花,在蓝天下像地毯一样铺展开来,这种壮观只属于青海湖边的油菜地。

临近青海湖,湖上乌云翻滚,湖面水汽迷蒙,大有山雨欲来之势。车子开足马力前行,不一会儿,阳光就穿透云层,光芒万丈,仿佛给大地披上了一件金裟。我们下车驻足,正好迎着光,沐浴在高原的夕阳中,整个人好像有了佛光的照耀,突然变得神圣而虔诚。

司机按照既定目标前行，丝毫不顾及我们一路兴奋的心情，他说天黑前要翻过一座海拔 3800 多米的橡皮山，晚上的目的地是茶卡盐湖附近的小镇，任凭我们大呼小叫，硬是没有再停车。

傍晚时分的祁连山脉看起来更加雄壮、荒芜，连绵到天边。一路畅行无阻，对面返回的车道是拥堵的，庆幸司机有高见，我们逆流而行。到达茶卡小镇已经是晚上 10 点，好像全国人民都聚集在这里，大大小小的酒店已经住满了，热情的饭店老板将我们领到离镇十几分钟车程的家里，他说这是旺季的应急之地，是给没有预订酒店又实在找不到住宿地的客人准备的，实惠又干净。

第二天一大早，我们就赶到了茶卡盐湖景区，是当天的第一批游客。

进入景区，远望，朦朦胧胧的山峦连绵不断、若隐若现；近看，则是白盐胜雪，茫茫一片。这里是盐的世界，一望无际的盐如白玉般明亮。景区里还可以看到很多盐雕，形态各异，栩栩如生，有弥勒佛、成吉思汗、城堡、宫殿等，盐雕洁白无瑕，犹如白玉，立在盐白的大地上，显得壮观而晶莹，这样的艺术品是景区独有的，是一种不可或缺的美丽风景线，来往的游人无不在盐雕群中拍照留念。

刚进去的时候，天是阴的，乌云从天边滚来，倒映在湖面，湖面是乌黑的，盐的折射，又让湖面显得坑洼不平，像灾难大片中的特写镜头，有些恐怖；转眼之间，从云缝透出的阳光如电光一般，瞬间就驱散了乌云，照亮了整个湖面。

天放晴了，才能看到盐湖的全貌，领略它的空灵。天地间成了一体的蓝与白，湖面就是一面洁净的镜子，倒映着天的蓝与云的白，还有远处的山峦，宛如仙境般明朗、美丽。

来茶卡盐湖这个天空之境，是一定要拍照的，特别是女人，无论年岁长幼，一定要有红色衣衫挂身。

穿上鞋套站在水里，人就好似漂浮在水面一样，倒影清晰可见。

有年轻美丽的女子，一袭红裙加身，站在这面天然的镜子里，如同画中人，美得恍如隔世。空灵的天地之间，红衣女子和蓝天、白云、雪山融合在一起，成了双重美——仙女仙境。原来人间也如此值得。

夏天，高原的太阳是炽热的，一会儿就热起来了。我们脱下了早晨穿的棉袄，再脱了长衫，剩下了短袖，短短几个小时就如同走过了春夏秋冬。走出景区，回头看看天空之境，仿佛转眼间消失了：是曾经浮世清欢的仓促中，眨眼之间的梦而已；是蓝白相间的帷幔下，铺展开的一幅明媚画卷而已。

从茶卡盐湖出来，我们迎着朝阳，一路向东，沿着青海湖北岸往回走，又是一路畅行，恰逢周末，对面的车流正往茶卡方向赶，不得不佩服司机的英明。

一路上，除了羊群，还看到周围零星散落着的各种手搭帐篷和"喇嘛房"样式的小屋，这里仍然保留着最纯粹的游牧生活方式。逐水草而居是牧民的一种智慧，这样的轮牧形式，可以让草原得以休养，在生存和生态之间达到一种平衡。

各路口大大小小的玛尼堆，是一种风景，也是生活在这片土地上百姓的坚定信仰。

车子行驶在青海湖边，能看到五彩经幡，这是藏传佛教的宗教习俗。随风而舞的经幡每飘动一下，就是诵经一次，经幡在不停地向神传达着人们的愿望，祈求神的庇佑，经幡是连接神与人的纽带。青海湖是青藏高原上的蓝宝石，是藏民心目中的圣湖，五彩经幡就是当地百姓向青海湖献上的虔诚祈祷。

这天，阳光充足，青海湖的全貌一览无余。司机找了一个最接近湖的地方，我们可以站到水边，尽情领略青海湖的风光。在看到青海湖万顷碧波的那一刻，我仿佛看到了天地的尽头，心中莫名安宁，这里没有都市的喧嚣，没有尘世的烦忧。这是安顿心灵的天堂，这是放松身心的港湾。

远远望去，蓝色的湖面，蓝色的天空，连成了一片，蓝到极点就变成了青绿色。这青绿色的海，不就是青海吗？青海的地名基本都是围绕青海湖而来，海东市、海西蒙古族藏族自治州、海南藏族自治州、海北藏族自治州，在青海湖的东西南北。青海湖是我国内陆最大咸水湖，世界上独一无二的内陆咸水湖，就这样从远古走到了今天，让一代又一代的人去朝圣。

晚上，在西宁街头转转，感受西宁夏日的凉爽，夜市的繁华，烤羊肉的香味，酸奶的醇香。

第三天一大早，我们就去了塔尔寺。塔尔寺的上空，天瓦蓝瓦蓝的，一团团白云慢慢地在寺院上空飘荡。这样的天气，寺院里，那些高高扬起的幡旗、红白相间的墙面、流光溢彩的屋顶，都无一例外地明艳起来，暗自庆幸，我们的运气真好！

可惜的是寺内人满为患，急着拍照的游客、廊檐下穿红袍看手机的僧人，俨然没有了佛教圣地的清静与肃穆，再加上时间仓促，我没有了仔细游览的心情。

守护在寺院门口的那只猫，倒是任由游人在它身边穿梭，它依然在太阳下呼呼大睡。它是不是修炼了千年，才能这么淡定安然？寺院里，没有见到电影《冈仁波齐》中那么虔诚的朝拜者，我想再虔诚的人也受不了这喧闹的惊扰吧！

下午，我们就乘坐高铁离开了西宁。几天的青海之行，绕青海湖一周，感觉大多数时间都奔波在路上，留有些许遗憾。

也许，有遗憾才有再见的理由。

青海湖，我一定会再来的！

年的絮语

飘舞的雪花

过年的心情

是时光的印迹

也是冬的馈赠

似水流年　我的记忆我的年

记忆中,农村的年,是从腊八这天的鞭炮声开始的。从这天开始,小孩子就期待着过年。

童年时过年,是期待奶奶给我做的那身花衣服,还有爷爷给我的那两角钱的压岁钱。

长大后过年,是期待辛苦一年的父母可以闲下来,一家人围坐在炕头随意聊天。

成家后过年,是期待异地的爱人能够早日从工地回家,过一个暖暖的团圆年。

小时候的农村,还没有包产到户。队里有拖拉机,还有邻家叔叔开的大卡车,在大年初一这天,会将全村的孩子拉上车去兜风,名曰"出行",讨一年的吉利。村里所有的父母一定会尽其所有给家里的每个孩子做一套新衣服,在大年初一这一天穿上,小伙伴们会喜气洋洋地进行一番展示。

我和妹妹一定有一套外衣，那是棉布小碎花的罩衣和蓝裤子，至今我仍对小碎花的衣服情有独钟，还特别喜欢那种纯棉的质地，这一定与儿时的记忆有关。

再大一点，和爷爷奶奶分家了，过年是要帮母亲干活的。一进入腊月，母亲会念叨要"扫窑"了，那是一年中最彻底的大扫除，将窑洞里所有的物品搬到院子里，用扫把把熏黑了的窑洞清扫一遍，有条件的人家还会重新用泥巴涂抹一遍，相当于粉刷一番，窑洞会亮堂许多。

母亲犯愁的事情，对我们姐弟三人却有着无限的乐趣。这一天，我们的任务是搬运零零碎碎的物件，抱着盆盆罐罐来来回回地跑，新奇而喜悦。我们把物件放到院子里，按照大小摆成一排，擦洗一番，到下午的时候再搬回去。我们争来抢去，打打闹闹，充满了快乐。这是现在城市里的独生子女无法体会的，也是他们缺失的童年乐趣。

关于压岁钱，记忆最深的一次是我去外爷家过年。在老家，外孙可以在外爷家过年，但嫁出去的女儿可万万不能在娘家过年。

第一次在外爷家过年，我受到了很多优待，村里全是能攀上关系的外爷、舅舅辈，来来去去总有人逗我，叫我"磨镰水"。

大年三十晚上，除了外爷，大舅、二舅、大姨、小姨也给了我最高规格的压岁钱——1元钱，和我同岁的小舅当了我的小兵，受我指派，我随时可以霸占他的任何东西。那个年我过得欢喜。

可是，我还惦记着爷爷该给我的那份压岁钱。回家后，我总是在爷爷面前晃，提醒爷爷还有我那一份压岁钱呢。爷爷倒是记得，笑眯眯地在口袋里摸索，嘴里说："没忘了你，还有你的压岁钱呢！"他摸索了半天，给我掏出来1角钱，让我有些失望，但那只是瞬间的情绪，很快那1角钱就换来了10个洋糖，甜了好几天。

远嫁他乡后，过年时，我们中铁十五局二公司机关家属院会举行很多迎新春活动，看起来热热闹闹的，可我心中却有浓得化不开的乡愁。

家属院沿用部队大院的管理方式，大门口有门卫全天候值班，陌生人出入是要登记的，有自己的学校和医院，吃水取暖都是自己解决，和当地人打交道不多，俨然是一个独立的小社会。

长期生活在这里的，主要是女人和孩子，他们以能听得懂的方言地域为界，自成体系，形成了四川的、甘肃的、陕西的、湖南的老乡团体等。家属大多来自农村，没有出过远门，来到异地他乡，本来想要依靠的老公却去了遥远的工地，只能自力更生。他们大多不会说普通话，以老乡为圈子，抱团取暖。

过年时，家属院里有老乡团体拜年的习俗，起得最早的是山东人，他们四五点钟就开始在老乡圈子里挨个拜年，当然是从年纪大的、德高望重的开始，家家户户走一遍。最热闹的是四川人，他们会做饭，又很热情，麻将打着，吃着喝着，龙门阵摆着，是我最喜欢的类型。

我们西北的男人，也会拉个队伍拜拜年，但是从不让家属出场，是那种走完一圈之后，找个地方炸金花玩玩，然后痛饮三天的豪爽做法。

大年初一到初三，机关工会组织猜谜语、投球、套圈、蒙眼贴鼻子等多种游戏活动，奖品都是日常用品，不算丰厚但都能用得着，是孩子们的最爱。大家呼朋引伴，热热闹闹地过大年。正月十五家属院的烟花，已经是焦作市区必备的风景了。

家属院看起来是这样热闹，可我还是怀念老家的年。

回老家又成了一场新的战争。拥挤的火车，来来回回地倒车，让儿子不胜其烦。他是在家属院长大的，他喜欢那里的热闹，那里的自由自在，最主要的是那里有他的小伙伴。一进入腊月，家属院里炮声不断，是小孩子玩的那种摔炮，男孩子们的恶作剧简直要把大院炸了，又是炸结冰的湖面，又是和隔壁财会学校的孩子们隔墙对扔。

年就是这样承载着人们一代又一代的记忆，伴随着人们走过童年，走过喜乐年华。

年将岁月切成了片段

岁月如流水一般，永不停息地往前涌动。人在岁月的流逝中，长大、健壮、走向鼎盛，然后慢慢衰老。

年少时，年就是得到心仪已久的玩具的希望；长大后，年就是心爱的人突然出现在你面前的惊喜；当年华老去，人生尘埃落定，孩子渐渐长大，年又成了一种对孩子的期盼。

就这样，原本四平八稳的岁月，因为过年，而有了阶段性。

中国人很看重过年，从腊月二十三到正月满，直至二月二"龙抬头"后，年才算真正地过完了。如此隆重的仪式感，让年成了一种特殊的符号。

过年就是将一年的日子进行整理，年也将岁月进行了切割，岁月被切割成了长长短短的片段。记忆中大喜大悲的那一年，就短一点；平平淡淡的那一年，就长一点。

过年了，再忙的工作，也要停下来，身体闲下来，心却翻动起来。再平凡的岁月，也有过去可回首，也有曾经驿动的心。

当忙碌的身体停下时，才有时间来理一理自己的思绪，等一等自己的灵魂。

人到中年，总会觉得，终年的忙碌，回头想想，内心却空空荡荡，眼角的皱纹和鬓角的白发，只是提醒自己那徒增的年龄。

过年了，还要整理家务，从里到外进行大扫除，角角落落要清扫一番，家要有新气象。这种"新桃换旧符"的仪式，就是新年新气象，是祈祷，也是祝福。

上了年纪的人会觉得，年越过越无趣，不知是因为物质的丰富、欲望的满足，还是心态的老化、精神的麻木。

过年了，我在忙着各种买买买，忙着整理家务，忙着和爱人为鸡毛蒜皮的小事吵架，忙着给儿子做饭，却唯独丢失了自己，总觉得内心不安稳。

原来我迷失了自己，农村长大的我，总是将年停留在故乡的热炕头，将年停留在当年奔波回家的路上。

原来我的内心，并没有随着年龄一同成长。

反思的人是我，我得向儿子学习。儿子对过年是无感的，他没有那么看重过年。去年大年三十晚上8点，儿子和他的同学还在大明宫打球，是我一再催促，他才归来。儿子不懂那么多过年的陈规，对他来说，过年就是放假，就是随心所欲做自己喜欢做的事情。

社会在变化，我也要学会接受和改变，没有鞭炮声的年也是年。

外出旅游也是过年。

少购物，少囤菜蔬，少"宅家"，也是一种过年的方式。

内心放松，给自己和身边的人，带来新年的希望和快乐，这才是真正的过年！

年年雪里常看雪

我是喜欢雪的,但也是怕雪的。

喜欢下雪前那种天低云浓、暮色苍茫的天气,空气中是一种潮湿泥土的味道。傍晚时分,雪花飘落,纷纷扬扬,行人步履匆匆,远处的村子里亮起了灯,那是家的方向。这种感觉在古诗词里竟然有了印证,比如"柴门闻犬吠,风雪夜归人""纷纷暮雪下辕门""天将暮,雪乱舞"等。

记忆中,父亲总是在外忙碌。下雪了,天黑上灯时分,父亲才会顶着一身的落雪回家,虽然带进来一股寒风,我们却觉得狭小的窑洞里骤然踏实、温暖了许多。

这样的场景停留在记忆中。成人后,再读托尔斯泰的小说《穷人》,对桑娜和孩子们在暴风雨之夜等待渔夫回家的心情,突然就产生了共鸣。

在北方,雪总是和过年连在一起。干冬湿年,母亲说的,如果一个冬天都没有下雪,一定会在过年的时候有一场雪,这句话被印证过很多次了。

于是，盼过年，也盼那场雪。

红红的灯笼，皑皑的白雪，还有打破宁静村庄的鞭炮声，都带给我们无限的期待，那是年的味道。

下雪了，过年了，不用干农活，母亲蒸好了白馒头，做好了年夜饭。一家人围坐在热乎乎的炕头，聊天、嗑瓜子、听广播成了一年来最惬意的事情。

如今，父母随弟弟住在厦门，很少回老家。我反而越来越怀念老家——在冬天下雪的日子，一家人围坐炕头聊天的情景，成了我的念想。

前年冬天的第一场雪，我回老家，大雪纷纷扬扬，田野一片雪白。和姊妹们坐在热炕头，三叔和堂弟们忙前忙后地招呼我们，儿时那种温暖的感觉虽在，只是家里老人渐渐地都离我们而去，心头是空落落的，心情有些黯然，从此再没有了回老家的期盼。

怕雪，是在上学的日子，那种刺骨的冷，也伴随我很多年。

上高中的第一场雪，骑车回家，手都冻僵了，是麻木的。第二天要去学校，父亲给推自行车，发现车头是断裂的、零散的，难不成自行车也冻坏了？

印象中，在上学时期，我和我的同学都没有堆雪人、打雪仗的经历。原来物质条件的极度恶劣已经影响了我们嬉闹的心情。

后来读到唐代诗人张孜的诗，一句"岂知饥寒人，手脚生皴劈"让我心生感慨。物质决定意识，浪漫还真是吃饱穿暖后的精神衍生物。

最美好的雪冬还是在大学，毕竟宿舍、教室是有暖气的，又是芳华时代，下雪就是围着有相机的同学转，变着花样摆pose（姿势），红纱巾、红雨伞都是道具。也是从那时起，下雪天，就感觉没有那么冷了。

而我印象深刻的一场雪，是2008年的冬天，我要赶去福建一个叫福鼎的地方过年。年轻胆大，带着10多岁的儿子坐大巴前往，结果被困在距离南京不远的一处高速公路上，一夜未行。路上交警一直在疏导、陪伴，提醒大巴车师傅不要熄火，要一直开空调。警察叔叔确实很辛苦，在关键时刻成为我们最信赖的人。

路过南京，汽车缓慢行驶，让我感受到南方的雪景跟北方的不同。

南京的雪，和张岱的《湖心亭看雪》中的意境完全相符："雾凇沆砀，天与云与山与水，上下一白。"南方的雪是那么蓬松，随时要融化掉的样子。

今冬，西安年前的那场雪，也是来得及时，停得匆忙。白雪落在刚刚挂起的红灯笼上，柔和的灯光让整个街道都是安静而温馨的。此时，无论是静穆的古老城墙，还是屹立千年的大雁塔，还是雍容华贵的大唐芙蓉园，都成了最美的风景，长安如在画中，满城诗意。

只是这场雪，苦了着急回家的外地游子。疫情管控一个月后，好不容易可以出入自由了，又遇雪，担心大雪封了回家的路。

好在西安城里的温度高，落不住雪，纷纷扬扬的雪如柳絮飘飞，到了地面就成了雨。鲁迅在他的散文《雪》中写道："江南的雪，可是滋润美艳之至了；那是还在隐约着的青春的消息，是极壮健的处子的皮肤……朔方的雪花在纷飞之后，却永远如粉，如沙，他们决不粘连，撒在屋上，地上，枯草上，就是这样。"西安城里这朔方的雪，也质变了，成了美艳的南方雪。

城市的雪只能是用来应景的、欣赏的。老家的小村庄是靠天吃饭的，青青的麦田里，年前就落了厚厚的一层雪，瑞雪兆丰年，但愿虎年是个吉祥年，疫情早日结束，生活回归正常，不求大富大贵，平安康乐就好！

冬天的诗

如果说春天是一首悦耳的歌,那冬天一定是一首别有韵味的诗。冬天的诗一定离不开雪,一定特别温暖和快乐。

在我心中,冬天的诗永远只有三首,那都是关于雪的。

问刘十九

唐·白居易

绿蚁新醅酒,红泥小火炉。

晚来天欲雪,能饮一杯无?

严冬,乌云低垂,天欲雪,此时不能外出劳作。最美好的事,莫过于三五好友,围炉畅谈、喝茶、品酒、赏雪。五言绝句营造出一种快乐冬天的氛围和意境,20个字中有艳丽明亮的色彩——绿、红、白,打破了冬的单调。茶酒飘香,氤氲温暖,伴着爽朗的笑声,邀请好友前来相聚,岂不是最快乐的冬天!

这首诗重在邀约。

逢雪宿芙蓉山主人

唐·刘长卿

日暮苍山远,天寒白屋贫。

柴门闻犬吠,风雪夜归人。

白雪皑皑中,隐约看到远处的山,还有前方昏暗的灯,这让风雪夜行的归人不由得加快了脚步。夜行的人也许是远归的游子,也许是迷途的过客,也许是相邀晚到的友人,但那吱扭作响的柴门,那不停的犬吠,给寂静孤独的风雪之夜带来无限的生机和温暖。有人家的地方,就有了归宿,就有了歇息之处,一碗热水、一声问候,尽在风雪夜归图中。

这首诗重在归来。

白雪歌送武判官归京(节选)

唐·岑参

轮台东门送君去,去时雪满天山路。

山回路转不见君,雪上空留马行处。

塞外胡天,异常寒冷。风雪交加的黄昏,在天山送别友人,遥望远去的身影,山路回转中渐行渐远,只有雪地上留下的马蹄印。此时谁不牵肠挂肚,谁不惆怅满腹?远行的人已不见踪影,送别的人还伫立在原地。巍峨的天山被漫天雪花淹没,马蹄印渐渐被落雪覆盖,天地间只有白茫茫一片……边塞男儿的豪情热血、侠骨柔肠尽在这天山雪地的送别诗中!

这原本是边塞诗人岑参写的一首送别诗,但其中流传最广的却是写景句"忽如一夜春风来,千树万树梨花开。"大多数人忽略了题末作者所表达的离别之情。

三首诗,从邀约,到归来,到送别,就是一个完整的故事。从相邀之时的乌云低垂、大雪将至,到相聚时的白雪皑皑、柴门犬吠,再到送别时的雪满山路、久久驻足,无不是寒冷的冬天独有的温暖;从相邀时的期待,到相聚时的接待,到送别时的不舍,无不是雪天独有的快乐和情义!

冬天是一个寒冷的季节,那是来自天气的严寒;冬天又是一个温暖的季节,那是来自情感的温暖;冬天更是一个浪漫的季节,只因那场雪、那首诗。

冬天是一个看雪的季节,冬天是一个相聚的季节,冬天是一个离别的季节。看过了雪,读懂了诗,就有了情,有了快乐!

相信岁月总是把最好的留在最后

最喜欢冬日的午后，斜阳照屋，明亮、温暖。人有些慵懒，放下手头的一切，看书、听音乐，享受一个人独处的清静，也体会一个人静坐的落寞。

年已近，心中有无限感慨。成年人，总觉得一年过得太快，只有小孩子才盼望过年。

有人说，感觉时间过得太快，是因为日子在一天天的重复中度过。其实，春夏秋冬，四季轮回；花开花落，草木荣枯，原本就是生命不断重复的过程，这是无法改变的自然规律。

人生也是如此重复。

人到中年，大可不必为岁月的匆匆流逝而哀叹，不必为眼角的皱纹而伤感，鬓角的白发是岁月留下的痕迹。

岁月催人老，人的欲望会减少。鲜衣怒马、锦衣玉食皆是浮生，平安健康、家庭祥和才是幸福，低欲望的生活是人走向成熟的标志。

古人有"少年听雨歌楼上""壮年听雨客舟中""而今听雨僧庐下"的感慨，我们不必为年轮的更替而感慨，也不必为生活中的挫折而心灰意冷，新年一定要有新的期待。

幸福就是有事做，有希望。无所事事的人，才空虚寂寞，靠买买买去填补。我们不要做盲目捡稻穗的那个人，错过了一路的稻穗，到头来囊中空空。我一直在努力生活，从不敢侥幸，这样才有理由相信岁月总是把最好的留在后面，如同儿时母亲给我藏在碗底的那枚荷包蛋。

最好的安排，是时间给予的，也是自己掌握的。

在生活中，你想找一件物品时，翻遍了家中所有的地方都无果。当你放下这件事时，你曾经翻箱倒柜寻找的那件物品，却在不经意间出现在你的面前。

任何你想拥有的东西都是如此，比如爱情、友情、事业上的进步、小小心愿的实现。

生活中，最英勇的事情不是奋不顾身地勇往直前，而是走一段路，看一段风景，然后停下脚步，和自己对话，用温柔的方式照顾好自己的内心，才能更顺畅地和外界交流。只有内心真正有了一种从容、淡定，才能不被人生的起伏所左右。

新年新期待，只要你还在前行的路上，就永远不会迟到，相信自己最想要的，都会在终点等着自己。

后　记

法国博物学家布封说："幸福就是植根于我们心里的感受，而悲伤则是我们对身外之物的感觉。因此，一个人灵魂的安定才是他唯一的财富，只有灵魂安定了，人才会真正地快乐。"

读书、写作正是为了安定我的灵魂。

我爱书，是与生俱来的。小时候，越厚的书越令我兴奋，唯恐书太薄，看完就没书可看了。

我爱读书的习惯，源于父亲。儿时的冬天，父亲常常会借来成摞的大部头书，分给我们姐弟三人。我们趴在热炕头上静静地看，母亲就在灶台上忙碌，饭做好了，一遍一遍地喊我们吃饭，叹息着，唠叨着："这父子们，看书能看饱啊，就别吃饭了！"

好在那时的学业都是自由的、松散的，老师不大管，父母也从不过问。现在想来，那是童年时代留下的一笔财富，也是少年时代艰辛生活里的甜蜜与幸福。

年龄渐长，生活琐碎，工作繁忙，碎片化的网络信息充斥四周，为了不让自己被现实打磨得麻木油腻，读书成了我对抗岁月腐蚀的最好方式，我要尽量让自己成为一个有温度、懂情趣、会思考的人。人生最疲累的时候，是书在帮助我、完善我、成就我，给我前进的勇气和信心。

书读多了，自然会思考、想表达。写作是给自己的交代，不让度过的光阴留下记忆的空白。一个人的时候，在键盘的敲击声中，书写那些过往的故事，安顿自己的灵魂。

《流年漫过长安城》是我多年的写作积累，也是我多次甄选才确定下来的一部具有西北特色的散文集，是自己最真诚的文字。

中国传统文化，是理性的、温和的，一如我们中华民族。后疫情时代，更能感受到传统文化的益处，勤劳、自律、慎行是给自己积攒的福报，也是给社会的贡献。年龄的增长，让我越来越认可传统，特别是祖父母辈、父母辈说过的话、做过的事，他们留下来的淳朴习俗，已融入我的血液。

乡村在走向寂静，城市却越来越拥挤，娱乐的方式越来越多样和便捷，静心读书已经是一件奢侈的事情。世界在飞速旋转，有人不断创新，就一定有人坚守传统。

《流年漫过长安城》是坚守传统的黄土地风，内容丰富，主题相同——传递爱与温暖。因为热爱这片土地，才真诚地书写这片土地上的故事。

只有真诚的文字，才能打动读者，也更有价值。《流年漫过长安城》，我的真诚之作，希望它能够打动你。

也许，我将以这本书为契机，以后会写得越来越好，还有第二本、第三本书陆续出版。美国女作家英格尔斯·怀德一生都在农场做普通职员，65岁开始写作，到她90岁去世时，写出了9个系列几十本儿童图书，其中《草原上的小木屋》成了全球儿童的经典读物。

我当过语文老师，做过少儿图书编辑，有很多年都在和孩子打交道。儿童图书是我的所爱，曾经编辑出版30余本，给孩子写一本书也是我的心愿。

我曾经是中铁十五局二公司子弟学校的老师，我的爱人是铁道兵转业到中铁十五局的一名一线职工，他从天山脚下的新疆到四季春城昆明，从西北戈壁到东南沿海，参与过很多重大工程的建设。他修过铁路公路，造过桥、建过水坝，和他的战友、同事能适应一切或炎热或寒冷的环境，好像从不知道苦为何物。像他这样的一线铁建人就在我的身边，他们吃苦耐劳的精神也深深地感染了我，他们的故事是我写作的源泉。

也许，我只会跳跳广场舞，陪伴年迈的父母，和爱人含饴弄孙，像母辈一样操持家务，在琐碎的日子里过我的家庭主妇生活。只要我内心丰盈，绝不会让自己的灵魂拧巴。

《流年漫过长安城》可能是我写作的新起点，也可能是我创作的终点。无论怎样，我爱读书、爱文字、爱生活的初心一定不会改变。

这本书的出版，我筹备了很久，得到了很多人的帮助。我常常心生愧疚，怕自己的文字担负不起大家的这份厚爱。有一路鼓励我写作的亲朋好友，有为书的出版提供方便的领导、同事，也有出版社编辑的辛勤付出，特别是公司工会组织的支持，我的感激之情无以言表，在此一并诚恳致谢！

2022 年 4 月 孙博文

附：

爱 上 西 北

当我坐在北京大学的自习室里，一口气读完《流年漫过长安城》一书的手稿时，掩卷沉思，我的心中有感动、有遗憾，更有思考，还萌生了对大西北黄土地具体而真切的向往。

透过作者的文字，我仿佛看到了西北碧绿的麦田、烂漫的杏花、皑皑的雪原，听到了粗犷苍凉的秦腔，感受到了作者深爱着的这片黄土地滋养的父老乡亲们的质朴、真诚、温暖和活力。

我在海岛城市厦门出生，十几年来陪伴我的是夹杂着海风的湿热空气和回荡在耳边的滚滚涛声——一个与《流年漫过长安城》所描绘的大西北迥异的世界。父亲自20世纪90年代离开西北来厦门大学读书，后来安家厦门，很少回故乡。我自小就怀抱着对家乡的好奇和依恋，从爷爷奶奶的念叨中捕捉有关黄土地的只言片语。所幸，在阅读完《流年漫过长安城》这本书后，我终于通过它领略了故乡的风景和人情、沧桑和温暖。

我不由得想，大西北到底是怎样一个地方？是怎样一片历史悠久、底蕴深厚却又饱含深情的土地，才可以孕育出这样一群温暖而独特的人？它又是怎样引发出作者内心无限美好的遐思、暖意与浪漫的？

有人说：千古绝句多出自边塞，偏安于烟雨江南，多的只能是风花雪月。虽说有些片面，但艰苦的环境、粗犷的高原，确实给了生活在这片土地上的人们一种磨砺。苍茫的风物陶冶了他们的情操，让他们有深度思考，同时留有一份温情和美好。这些文化浸润着西北大地的儿女，自然也滋养了作者。

在我的身上有"00后独生子女"的时代标签，我在一个物质丰盈、不愁吃穿的环境中长大，在家人、师友的呵护下成长。《流年漫过长安城》中的故事对我来说，似乎是那样遥远，却又十分真切。我想这份真切和熟悉来源于由爷爷奶奶一次次的念叨组成的西北画卷，也源于《流年漫过长安城》书中所描绘的种种不会被时间侵蚀、洗刷且触及所有人心中柔软之处的自然美、历史美和人性美……

"时光轻轻，从来不语，却带走了许多；岁月无声，从来无言，却留下了许多"，对于那片黄土地上的父老乡亲，作者或是心存感激，或是怀有敬意，或是留有遗憾。种种有感而发，她结合着自己一路走过的人生经历，以细腻的笔触写下了属于他们的故事，将那些温馨的生活碎片和引人深思的宝贵品质用文字描摹下来，传达给读者……这些故事质朴而温暖、直率而细腻，字里行间更是流露出作者对自然清新秀丽景色的赞美，以及对生命中形形色色过客的悲悯和对大西北黄土地那炽热而深沉的爱。

《流年漫过长安城》的作者在古都西安街头感悟人生、书写人情冷暖。它不是鸡汤，却能治愈我们躁动的心灵，它似冬日里怀抱万物的阳光，带给读者一份抹不去的温柔暖意。

2022 年 5 月 孙予欣